JOUEURS

Don DeLillo est né en 1936 à New York. Fils d'immigrés italiens, il est élevé dans un collège catholique et passe son enfance dans le Bronx. Après avoir écrit quelques nouvelles, c'est à vingt-neuf ans qu'il commence son premier roman.
En 1984, il reçoit pour *Bruit de fond* la plus haute distinction américaine, le National Book Award.
Deux ans plus tard, *Libra* l'imposera au grand public, l'assassinat de Kennedy, thème du roman, demeurant un élément capital de la vie américaine.
En 1992, le Pen Faulkner Award for fiction lui sera remis pour *Mao II* et, en 1999, il reçoit le Jerusalem Prize. Ses influences sont plus cinématographiques que littéraires : il cite volontiers Joyce mais surtout Bergman, Antonioni, Fellini, Kurosawa ou Godard.
Il est également l'auteur de *Americana, Les Noms, Outremonde, Body Art* et *Cosmopolis*.

Paru dans Le Livre de Poche :

AMERICANA

CHIEN GALEUX

L'ÉTOILE DE RATNER

MAO II

DON DELILLO

Joueurs

ROMAN TRADUIT DE L'AMÉRICAIN PAR MARIANNE VÉRON

ACTES SUD

Titre original :

PLAYERS
Alfred A. Knopf Inc., New York.

LE FILM

Quelqu'un dit : "Les motels. J'aime les motels. J'aimerais en posséder une chaîne, mondiale. J'aimerais aller de l'un à l'autre, et encore à un autre. Cela a quelque chose de gratifiant."

Les lumières dans l'avion s'atténuent. Dans le piano-bar, tout le monde s'immobilise momentanément. On dirait qu'ils se rendent compte pour la première fois de la quantité de systèmes de composants mécaniques et électroniques, de la précision du dosage des tensions, des unités motrices, des forces et de l'énergie conjuguées qu'il a fallu mettre en œuvre pour limiter leur sensation de vol à cette vibration rudimentaire. Derrière les hublots, il ne subsiste aucune trace du coucher de soleil. Quatre hommes et trois femmes habitent ce cadre de mouvement arrêté. Le seul bruit est le ronflement du moteur. Une seconde d'obscurité, tout ce que nous avons eu jusqu'à présent, a suffi pour intensifier le lien implicite qui, plus que la distance, la vitesse ou la destination, fait de chaque voyage une sorte de mystère ne pouvant se résoudre que grâce aux talents conjugués des voyageurs, tous progressivement conscients du code de récognition des uns et des autres. Dans la cabine juste devant eux, le repas est fini, le film va commencer.

Dès que la lumière revient, l'homme assis au piano se met à jouer un air. Debout près de lui se tient une femme, approchant la trentaine, le cheveu clair et l'air malheureux. Il y a un homme à sa gauche, qui tient le bord de son verre appuyé contre sa lèvre inférieure. Ils sont visiblement ensemble, un couple, qui se supportent l'un l'autre.

L'hôtesse passe avec des oreillers et des revues, jetant un coup d'œil dans la cabine sur l'écran, le générique défilant sur un plan fixe de terrain de golf désert, à l'aube. Près de l'entrée du piano-bar, à quatre mètres du piano, deux sièges sont séparés par un cendrier. Un autre couple évident s'y trouve, deux hommes cette fois. Ils regardent tous deux le pianiste, en jouissant par avance du plaisir qu'ils éprouveront à faire les commentaires acérés que son choix de mélodies est appelé à susciter.

La troisième femme est assise à l'arrière du compartiment. Elle se bourre de noix de cajou, qu'elle fait descendre avec du *ginger ale*. Elle est quadragénaire et s'habille avec banalité. Nous ne savons rien d'autre sur elle.

Sans écouteurs, bien sûr, les gens du piano-bar ne peuvent pas entendre la bande son du film projeté. Une lumière de petit matin, un peu de brume, des surfaces ternies par l'humidité. A la fin du générique, le fanion qui marque un *green* éloigné s'élève légèrement et s'agite, puis des hommes apparaissent, des golfeurs avec leur équipement, en bordure gauche de l'écran.

Tâtonnant, encore incertain à ce stade préliminaire, le pianiste joue un air typique de film muet. Cela amuse les autres, bien que leurs sourires et leurs expressions ne soient pas adressés à quelqu'un de particulier mais restent flottants, au contraire, comme il arrive entre voyageurs, au stade initial. L'hôtesse seule paraît déçue par les limites de l'association logique entre la musique et le film. Il est vrai que le film est justement un film muet. Mais elle donne l'impression de déjà bien connaître ce numéro-là.

Entre le piano-bar et l'écran, les rangées de sièges semblent vides, aucune tête ne dépasse des hauts dossiers des sièges inclinables. Nous supposons que des gens sont assis là, immobiles, satisfaits de se couler entre les images.

La femme près du piano se met à bâiller, presque irrépressiblement, une crise bénigne de quelque chose. Elle bâille dans les avions comme elle bâillait naguère (à l'adolescence) quelques secondes avant de monter sur les montagnes russes ou (jeune femme) quand elle composait le numéro de son père. Son compagnon, avec une brusquerie stylisée et parfaitement chaplinesque, tend sa jambe gauche loin derrière lui et lui botte tout doucement le derrière, d'un geste si bien enchaîné qu'elle se met à rire en plein bâillement.

Les golfeurs avancent lourdement sur l'écran, sept ou huit en tout, blancs, virils, nobles, plusieurs d'entre eux conduisent des *carts* électriques, et cahotent lentement en file indienne sur les ondulations. Ils ont un certain âge et arborent le genre de vêtements de sport agressivement bariolés que les habitants des banlieues résidentielles adorent porter en week-end, des couleurs si stridentes qu'elles pourraient servir d'illustration à la folie de la seconde enfance.

Le pianiste ajoute un élément de suspense à son morceau. Bien que ridé autour des yeux, son visage a mis longtemps à perdre cette sympathique franchise, emblème objectif d'une compétence morale que nous associons avec les jeunes gens qui font de la poterie ou de la recherche océanographique.

Des surfaces mouillées, une légère brise, la brume qui commence à se lever. Les golfeurs se rassemblent autour d'un *tee* et les membres d'un trio improvisé jouent chacun à son tour, faisant pivoter leur corps suivant l'envol de la balle. Ils s'éloignent sur le parcours tandis que leurs compagnons pratiquent leur ballant, et que l'un d'eux (en cardigan jaune) glisse la tête de son club sous son aisselle pour viser le long du manche comme avec un fusil, par manière de plaisanterie, ce moment totalement désinvolte s'estompant dans l'activité qui l'entoure.

Le plus âgé des homosexuels se penche au-dessus du cendrier pour donner à son compagnon un coup de coude théâtral. Le pianiste a également remarqué le geste presque caché du golfeur en cardigan jaune, et il y répond par une série d'accords graves. Lourds de sens, menaçants.

Il vaut la peine de signaler que les personnages et le paysage sont montrés au téléobjectif. C'est une leçon sur l'intimité à distance. L'espace, dans ce contexte, semble moins une expérience intuitive qu'une série de densités relatives. Il intervient en blocs compacts. Ce que la caméra partage avec les spectateurs, c'est l'appréciation d'une ruse optique. Le sentiment de n'être pas vu. Le spectateur comme observateur privilégié.

La musique au piano, bande sonore de substitution en même temps que commentaire autonome, commence à exprimer un degré croissant de (sournoise) appréhension qui s'harmonise bien avec la séquence soigneusement calculée des plans, chacun légèrement plus bref que le précédent, suggérant une routine d'événements sur le point de céder à quelque pression imprévue.

La jeune femme est parvenue à cesser de bâiller. L'homme à côté d'elle examine les ongles de sa main droite. Il fait cela avec les doigts repliés sur la paume, pouce tendu. Sans détourner les yeux de l'écran, la femme avance la main, lui empoigne le pouce et se met à le replier. Il lève les yeux au ciel. Au bout d'un moment, il commence à réagir comme ils le font tous deux, ensemble ou séparément, lorsqu'ils sont troublés par l'anxiété, un choix difficile à faire, un effroi indéfini, la perspective d'invités rasants, son boulot à lui, ou le sien à elle. La femme à l'arrière continue à regarder d'un air inexpressif. C'est un *mmmm* prolongé.

Les golfeurs, par cette douce matinée verdoyante, se concentrent sur la partie. Momentanément rassemblés une nouvelle fois en un point du parcours, ils semblent presque poser dans une gloire de groupe devant un lointain fanion. C'est maintenant que la chose vigilante et cachée, cette conscience particulière qu'implique le téléobjectif, est amenée à se révéler.

Un homme, dos à la caméra, surgit des buissons du premier plan, à environ deux cents mètres des golfeurs. Il se retourne pour faire un signe à quelqu'un, et l'on voit qu'il tient dans sa main droite une arme, un fusil automatique. Après avoir effectué son signal, il replonge et disparaît. L'un des golfeurs choisit un fer.

Un autre homme émerge à son tour des buissons, se dressant de toute sa hauteur. Nous ignorons sa position exacte par rapport aux autres protagonistes. Il fait face à la caméra. Derrière lui s'étendent des bois touffus. Son habillement diffère complètement – casquette de base-ball (visière redressée), gilet à motif cachemire, chemise de flanelle, ceinture à cartouchière, pantalon blanc rentré dans des bottes montantes. Des bandoulières se croisent sur son torse. Il porte un Enfield à canon scié.

Le téléobjectif saisit un homme et une femme postés au sommet d'une butte. Nouveaux accords graves. Montée de la sensation d'angoisse. A cette distance, ils ont l'air sculptés dans le ciel, immobiles, tous deux armés d'un fusil. Dans un plan beaucoup plus rapproché, une autre femme se tient seule dans un trou de sable, pieds nus, vêtue d'un T-shirt aux emmanchures très échancrées et d'un pantalon de daim à franges. Elle a une jambe repliée et elle s'appuie sur l'autre, la gauche. Elle tient une machette posée sur son épaule droite.

Le pianiste se glisse au bout de son banc et se hausse du mieux qu'il peut pour voir l'écran, sans que ses doigts quittent le clavier. Un premier terroriste se met à courir pour traverser le terrain de golf.

Ce qui se passe ensuite est filmé au ralenti. On voit les terroristes se mettre à courir, un par un, débouchant à découvert en direction des golfeurs. Jeunes, vêtus comme ils le sont de jeans, de cuir et d'un attirail singulier, et courant ainsi, ils ne peuvent manquer de constituer un intermède lyrique. La vitesse anormalement réduite à laquelle leurs corps fonctionnent leur donne l'aspect de créatures de gravité, presque d'animaux luttant vers quelque transition fondamentale, leur beauté incomparable et crue résultant d'une tension physique soigneusement détaillée. *Il ne reste sur la butte qu'une seule silhouette, un homme, avec un fusil de chasse sous le bras et les mains dans les poches*.

Le premier qui s'est mis à courir commence à tirer en approchant du groupe. Un homme en chandail tombe, et des balles de golf lui sortent des poches. S'efforçant d'isoler les hommes par un ou deux, les terroristes ont presque immédiatement fait trois morts. Les corps basculent au ralenti. Il y a du sang sur les sacs de golf, sur les chaussures blanches, qui se répand sur les pantalons écossais. Plusieurs hommes essaient de courir. L'un d'eux balance son club, et le type armé d'un Enfield lui tire dans le bas-ventre. Il bascule dans un bassin, obscurcissant l'eau de son sang. L'hôtesse de l'air sert des cocktails au couple d'hommes, et une boisson gazeuse à la femme assise à l'arrière.

C'est seulement maintenant que la musique du film muet révèle l'ampleur de sa vraie relation aux événements de l'écran. A la splendeur de la violence révolutionnaire, à la secrète nostalgie que cela évoque dans l'âme la plus docile, le martèlement allègre du piano apporte une ironie trop juste pour être ignorée. L'innocence simple de cette musique sape la terreur photogénique, la réduisant à un tourbillon vide.

Nous sommes incités à nous souvenir de quelque chose, bien que cet acte de remémoration soit peut-être plus mythique que subjectif, une pelote de rêves pour biographe. Elle nous transperce. Des pianos droits dans mille cinémas de quartier. De la romance à rompre le cœur et des comédies burlesques et du suspense à faire craquer les nerfs. L'histoire à ce point dépourvue de pesanteur s'en tire facilement, apprenons-nous, en s'attaquant aux fardeaux du jour présent.

Dans le piano-bar, l'assistance rit, à l'exception de la femme qui boit une boisson gazeuse. Malgré la fascination de la caméra pour l'extravagant massacre de ces hommes manifestement inutiles et superflus, la scène devient confuse, à cause du piano mélodramatique. Nous sommes plongés dans une ambiguïté macabrement humoristique, un spectacle de gens ridicules faisant des choses affreuses à d'absolus imbéciles.

Ce qui, on le comprend bien, rend la chose encore plus drôle (pour certains), c'est la nature même du jeu. Le golf. Ce rond anal de scrupuleuse attention et de dérisoires déceptions. Ce spectacle de golfeurs qui se font massacrer sur un fond de trilles et autres ornements, en tout cas, semble frapper l'assistance du piano-bar comme une occasion de ravissement sardonique.

Des corps sont projetés dans le sable et dans les hautes herbes. Et si cela ressemble un peu à des cow-boys et des Indiens, c'est encore mieux. L'un des golfeurs essaie de fuir dans son cart en direction des bois. La jeune femme à la machette s'élance à sa poursuite, balançant les bras au ralenti, et les cheveux flottant au vent.

Le pianiste introduit un thème de poursuite. Son visage faussement gamin souligne chaque sourire – une grimace ici, un frisson là. La violence, après tout, est experte et intense. Ses compagnons de voyage rient en voyant le cart se retourner sur une pente et la femme se précipiter, brandissant lentement le bras pour assener un coup en revers. L'homme tente de fuir à quatre pattes. Elle marche calmement à son côté en lui tailladant le dos et la nuque. Là, la musique fait place à une plainte légère. La femme abandonne sa machette plantée dans le cadavre et rejoint les autres.

L'homme qui était resté sur la butte descend maintenant vers cette scène de mort toute fraîche. Il est l'ange lumineux de la libération, en ciré noir et casquette de marin, surgissant du soleil. Il arbore du noir de fumée sous les yeux et du blanc épais en travers du front et des joues. Les autres l'entourent, encore essoufflés, exclusivement concentrés sur l'exaltation de leur fatigue. Il tient son fusil de chasse loin de lui, aussi parallèle à son corps qu'il le peut, la gueule dressée. Il y a des golfeurs éparpillés partout. Nous les voyons plan par plan, éventrés, petits paquets de laque. Le chef terroriste, *jefe*, grand manitou, tire plusieurs salves en l'air – rite sanglant ou déclaration passionnée. Buster Keaton, dit le piano.

Et maintenant l'hôtesse sert à boire à ceux qui le souhaitent, et tout le monde se disperse peu à peu dans le piano-bar, leur perte d'intérêt pour le film se manifestant par cette impatience presque systématique. Maintenant que la configuration est bouleversée, que le piano se tait, que plus personne ne regarde le film, on a l'impression d'un retour aux sentiments. Ils se souviennent qu'ils sont en avion, qu'ils voyagent. Leur vraie vie est en bas et commence maintenant à se reconstituer, rappelant leur chair de là-haut, dans le courrier qui attend d'être ouvert, dans les téléphones qui sonnent et le travail qui s'amoncelle sur des bureaux, dans l'énonciation fortuite d'un nom.

UN

1

L'homme se tenait souvent là, devant Federal Hall, à l'angle de Nassau et Wall Street. Maigre et mal rasé, avec le poil gris d'un septuagénaire, luisant de sueur dans sa chemise élimée et son complet usagé, il brandissait au-dessus de sa tête une pancarte bricolée, parfois des après-midi entiers, n'abaissant les bras que le temps de rétablir la circulation sanguine. La pancarte mesurait environ un mètre sur soixante ou soixante-dix centimètres, et portait sur ses deux faces des inscriptions tracées à la main, de nature politique. A cette heure-là, les badauds, pour la plupart assis sur les marches de Federal Hall, étaient bien trop distraits par les passants pour accorder autre chose qu'un coup d'œil superficiel à ce type avec sa pancarte – spectacle familier, après tout. Dans ce quartier, les hommes se rassemblaient encore solennellement pour regarder les filles. Il leur semblait qu'à travailler dans le rugissement de l'argent, ils méritaient ce droit résiduel.

Lyle se tenait sur le seuil d'un restaurant, et se nettoyait les ongles avec le cure-dents qu'il avait raflé dans le petit bol, en payant la note. Il ne déjeunait plus à l'*Exchange Luncheon Club*, pourtant bien agréable, strictement réservé aux membres et à leurs invités, bien géré et confortablement organisé, avec des serveurs si compétents, qui connaissaient votre nom, et le personnel des toilettes si naturellement attentionné, qui vous tendait tout de suite une serviette, qui savait donner sans ostentation un petit coup de brosse à votre complet, des vrais Noirs, et puis si pratique, à portée d'ascenseur de la corbeille du Stock Exchange. Il regarda le vieil homme qui se tenait en plein soleil, les bras levés, avec une main qui tremblait. Puis il s'engagea dans la foule de l'heure du déjeuner, en se demandant s'il n'était pas devenu trop complexe pour apprécier un repas convenable dans un cadre agréable, servi à une minute de la corbeille par des employés raisonnablement chaleureux.

A quelques rues de là au nord, sur l'autre trottoir de Broadway, Pammy se trouvait dans le hall en plein ciel de la tour sud du World Trade Center, s'efforçant de se frayer un chemin dans la foule à contre-courant pour gagner un ascenseur de descente express. Elle travaillait au quatre-vingt-troisième étage, mais elle voulait descendre car son bureau se trouvait dans l'autre tour. C'était la seconde fois que, en revenant après déjeuner, elle entrait par erreur dans la tour sud plutôt que nord. Elle allait devoir traverser la foule à contre-courant dans ce hall en plein ciel, descendre au rez-de-chaussée, se rendre dans la tour nord, prendre l'ascenseur express jusqu'au hall en plein ciel de ce soixante-dix-huitième étage-*là*, se débattre encore dans la foule, puis prendre un ascenseur local jusqu'au quatre-vingt-troisième, avec les cloisons qui vibraient. En s'efforçant d'avancer à l'oblique, maintenant, elle se rendit compte que quelqu'un la dévisageait de tout près.

— Mais c'est Pam, non ?

— Je ne vois pas.

— Jeanette.

— Non, vraiment pas.

— Au lycée.

— Jeanette.

— Ça fait combien d'années ?

— Au lycée, Jeanette.

— Je ne t'en veux pas de ne pas te rappeler. Bon Dieu, le temps passe.

— Je crois que je me rappelle, maintenant.

— Tu travailles ici, non ? Tout le monde travaille ici.

— Il faut que je descende.

— Tu te souviens encore ? Jeanette, qui traînait avec Theresa et Geri.

— Cela vient de me revenir.

— Il y a combien d'années de ça, hein ?

— Ils ne me laisseront pas entrer.

— Est-ce que tu n'adores pas cet endroit ? Tu devrais voir ce je dois faire pour arriver à la cafétéria. Un local et un express pour descendre. Puis un express pour remonter. Et puis l'escalator si tu y arrives sans te faire mettre en pièces.

— Oui, déchiqueter, je sais.

— Tu es fonctionnaire, ici, non ?

— Je me suis trompée de tour.

Pammy et Lyle ne sortaient plus guère. Ils avaient passé bien des soirées à découvrir des restaurants. Ils se rendaient jusqu'aux limites les plus floues de la ville, dînaient dans des petites garennes fluviales près des abords dégagés des ponts ou dans des restaurants familiaux hors de Manhattan, où la neutralité du décor et l'éloignement servaient de garantie d'authenticité. Ils allaient dans des clubs où de jeunes talents passaient des auditions et où des troupes comiques improvisaient. Les week-ends de printemps, ils achetaient des plantes dans des pépinières de banlieue et allaient jusqu'à City Island ou North Shore pour aider des amis à retaper leurs modestes yachts dans des chantiers de construction marine. Peu à peu, leur rayon d'action se réduisit. Le cinéma ne les tentait plus, même dans les grands urinoirs à candélabres du haut de Broadway. Ce qui semblait manquer, c'était le désir de découverte.

Ils dînaient de sandwiches, de soupe sous plastique, ils allaient dans une cafétéria au coin de la rue, et mangeaient rapidement pendant qu'un type passait la serpillière près de leur table en fredonnant à mi-voix comme un bassiste. Il y avait un restaurant chinois à trois rues de chez eux. C'était le plus loin qu'ils allaient, le soir et le week-end, pour des raisons non utilitaires. Pammy était très douée pour reconnaître les serveurs les uns des autres. Source de paisible fierté.

Lyle passait son temps devant la télévision. Assis dans la quasi-obscurité à cinquante centimètres de l'écran, il changeait de chaîne toutes les trente secondes, quelquefois plus souvent. Il ne cherchait pas de quoi soutenir son intérêt. Ce n'était pas cela. Il aimait simplement brusquer la télécommande pour faire surgir des images-brûlures. Il explorait le contenu jusqu'à un certain point. Le ravissement tactile et visuel du changement de chaîne dominait, cependant, transformant jusqu'aux moments de plaisir inopiné en abstractions territoriales satisfaisantes. Pour Lyle, regarder la télévision était une discipline comme les mathématiques ou le zen. Par principe, les annonces publicitaires, les interruptions pour rappeler l'indicatif de la chaîne, ou les téléfilms en espagnol avaient plus à offrir que la programmation régulière. L'aspect répétitif des publicités l'intéressait. Revoir les mêmes plans indéfiniment constituait un test pour l'ingéniosité de l'œil, son aptitude à resélectionner, à subdiviser une infime fraction de temps. Il utilisait rarement le son. Le son était mieux desservi par les chaînes à fréquence UHF qui utilisaient du matériel défectueux ou des langues autres que l'anglais.

Il lui arrivait parfois de regarder l'une des chaînes à accès public. Il y avait généralement une heure par semaine réservée à la pornographie de réalisation locale, œuvre d'artisans indigènes. Il trouvait sur l'écran une vérité plus brutale assurément que toute cette chair resplendissante des revues sur papier glacé. Il était vautré dans sa portion d'espace arrondi, sa lumière poussiéreuse. Il y avait de l'indécence enfantine et voyante, dans toute cette agression génitale. Des gens de la rue qui cherchaient quelque chose à sucer. Des caméras portatives qui guettaient le bon vieux cul. Lyle resta immobile pendant cette séquence de petits corps gris. Ce qu'il voyait retenait entièrement son attention, tout en continuant à lui émousser les sens. L'heure lui parut en durer quatre. Fatigué comme il l'était, lessivé, assommé par tous ces desperados qui prenaient des poses, il aurait facilement pu regarder pendant toute la nuit, retenu par l'effet de filet de la télévision, l'éclat électrostatique qui semblait un état privilégié entre l'onde et l'image visuelle, un secret d'énergie céleste. Il se demandait s'il n'était pas devenu trop complexe pour regarder des corps nus en tant que tels, et en être remué.

— Eh, regardez. On est là, les gars. L'avenir s'est écrasé en plein sur nous. Et à quoi ça ressemble ?

— Tu m'as presque fait sursauter.

— Voilà à quoi ça ressemble. On dirait des ondes et des ondes d'électricité statique. On la projette trop tôt, ce qui explique l'effet de sonnerie. On dirait des gens minables de Mercer Street.

— Laisse-moi dormir, hein.

— Tu vois, regarde, je te dis. Au moment où je parle. Voilà comment c'est. Nous regardons ça dans l'intimité confortable de notre chambre, et eux, ils ont leur loft et leur caméra, et ça passe parce que c'est la loi. Dès qu'ils voient une caméra, ils se déshabillent. Autrefois, les gens agitaient la main.

— Bon.

— Et voilà. Voyez, mesdames et messieurs. Voyez les pandas qui jouent avec leur merde. Fantastique, fantastique.

Pammy avait le genre de sourire qui montre un soupçon de gencive supérieure. On lui avait dit que c'était touchant. Lors de mouvements plus compliqués, quand elle portait des paquets ou qu'elle évitait des clochards, elle manifestait une gaucherie qui s'apparentait à des battements de mains et qui la rendait très jeune. Elle avait le visage étroit, les cheveux plats et plutôt blonds. Les gens aimaient ses yeux. Une sorte de présence en eux semblait parfois s'élancer au-devant des gens. Dans la conversation elle se montrait animée, elle agitait les mains, interrompait, la tête penchée en avant, les yeux fixés sur la bouche de la personne qui parlait, tandis que ses lèvres suivaient le rythme des mots. Elle avait le corps ferme, droit, comme une nageuse. Il lui arrivait de ne pas s'y associer.

Elle travaillait pour une société qui s'appelait Grief Management Council. Grief[1] n'était pas le nom du fondateur, mais se référait à l'intense souffrance mentale, au remords profond, à l'angoisse extrême, à la peine aiguë. Le nombre d'employés variait, parfois radicalement, d'un mois à l'autre. Dans les brochures que rédigeait Pammy,

1. *Grief*: douleur, deuil. *(N.d.T.)*

Grief Management se présentait comme une vaste organisation de services personnels en plein développement, dont les dispensaires, les opuscules imprimés et les conseillers spécialisés servaient la communauté dans ses efforts pour comprendre et assimiler la douleur morale. Il y avait des tarifs pour les particuliers, pour les groupes, pour les consultations spéciales, pour les brochures et les livrets pédagogiques, pour les séances familiales et pour les séminaires de malheur conjugal. La plupart des bureaux régionaux étaient de petites unités installées dans des bâtiments trapus, qui accueillaient également des firmes de matériel chirurgical et des laboratoires radiologiques. Ces constructions étaient souvent les premières d'un ensemble prévu mais jamais réalisé. Pammy en avait visité plusieurs, pour situer le cadre, et les photos qu'elle prenait pour ses brochures devaient être sérieusement retaillées pour éliminer les terrains vagues et la terre retournée par les bulldozers. Au début, elle avait trouvé que le World Trade Center constituait un siège social invraisemblable pour une entreprise de ce genre. Mais avec le temps elle avait changé d'avis. Dans quel autre lieu aurait-on pu entasser toute cette peine ? Quelqu'un prévoyait qu'un jour les gens chercheraient à codifier leurs émotions. On aurait besoin d'une structure administrative. Des équipes de behavioristes se réunissaient dans les égouts et inventaient un type de futurisme fondé sur les processus de classement. Aux yeux de Pammy, les tours ne pouvaient pas être permanentes. Elles restaient des concepts, non moins éphémères, malgré leur masse, qu'une banale distorsion lumineuse. Tout paraissait d'autant plus flottant qu'à Grief Management l'espace de travail était sans cesse modifié. Des ouvriers fermaient des secteurs par des cloisons, en ouvraient d'autres, emportaient des classeurs métalliques, apportaient des sièges et des bureaux. On aurait dit qu'ils avaient reçu l'ordre de régler la quantité de mobilier sur le niveau de souffrance nationale.

Pammy partageait un espace cloisonné avec Ethan Segal, qui était responsable de la coordination des activités des bureaux régionaux. Du fait de ses cheveux un peu longs, de son répertoire de gestes emphatiques, de ses loques extravagantes, d'un raffinement de style excessif et quelque peu ironique, Pammy le trouvait un peu fin de siècle. Jusqu'aux signes de vieillissement qu'il laissait paraître, et qui étaient teintés d'un genre d'ornementation folâtre. Son excès de poids même lui donnait un air d'insouciance, comme cela arrive chez certains, et Ethan utilisait cette illusion d'entrain pour donner à sa démarche quelque chose de nonchalant, d'altier à sa conversation, et de peureux dans les jeux. Et ces amples moulinets, ces gesticulations dérisoires, devenaient plus théâtraux, plus vides (intentionnellement), à mesure que diverses irrégularités s'insinuaient dans sa pose. Avec lui vivait Jack Laws, un raté en puissance. Jack avait une tache de cheveux blancs au dos d'une tête brune. Son succès auprès de certaines personnes était largement fondé sur cette erreur génétique. C'était la marque, l'étiquette, le signe, le sceau, l'emblème d'une chose mystérieuse.

— Adorable et inutile Jack.

— Quoi, je travaille.

— C'est effarant, c'est presque surnaturel, vraiment, la façon dont les gens se mettent une idée en tête, un minuscule désir humain de quelque chose, et cela devient un mode de vie, l'obsession de tous les temps. Pour moi, c'est effarant. Une personne comme moi. Nourrie au sein des réalités, des limites des choses.

— Je me suis trompée de tour.

— Jack veut aller vivre dans le Maine.

— Je trouve que, tu sais, pourquoi pas ?

— C'est la force motrice de sa vie, brusquement, sans raison, ce truc, le Maine, ce mot, car ce n'est qu'un mot, puisqu'il n'y a jamais mis les pieds.

— Mais c'est un bon mot, dit-elle.

— Maine.

— Maine, dit-elle. C'est un mot simple, peut-être, mais doté d'une force. On sent que c'est une sorte de noyau, de noyau moral.

— Venant d'une personne qui utilise les mots, cela doit signifier quelque chose.

— J'utilise les mots, parfaitement.

— Alors Jack a peut-être raison.

— Ethan, Jack a toujours raison. Quel que soit le sujet, Jack en détient la signification intérieure, la partie pure. Nous le savons l'un comme l'autre, pour Jack.

— Et qu'est-ce que je fais, moi, la navette ?

— J'aimerais bien être là-bas en ce moment, dit-elle. Cette ville. Cette époque de l'année.

— Juillet, août.

— Ville hurlante.

— Alors tu crois qu'il a raison.

— J'utilise les mots.

— Tu crois qu'il en a choisi un bon.

— Jack, oui. Toujours.

De même qu'elle le trouvait un peu fin de siècle, elle jugeait la bouche d'Ethan, en dehors de tout le reste de sa personne, franchement allemande. Il avait des lèvres impérieuses, une sorte de ricanement inné, et il y avait des moments où il bavait littéralement à force de rire, avec un peu d'écume aux commissures. C'étaient des choses que Pammy associait à des scènes de haut commandement allemand, dans des films sur la Deuxième Guerre mondiale.

— Nous irons peut-être y jeter un coup d'œil.

— Jeter un coup d'œil sur quoi ? demanda-t-elle.

— Sur place. Voir un peu comment c'est. Juste pour voir. Il en parle à tout le monde. Le Maine, ou sinon. Je ne vais évidemment pas faire la navette. Mais juste pour voir. Trois ou quatre semaines. Il aura eu sa dose, et nous reviendrons. La vie comme avant, la bonne vieille routine.

— Maine.

— Tu as raison, tu sais, ma vieille. Ce mot a une sorte de force brute. Quelque chose d'incassable, contrairement à Connecticut. J'aime bien l'entendre.

— Maine.

— Dis-le, dis-le.

— Maine, répéta-t-elle. Maine.

Lyle vit son numéro sur le panneau d'appel. Il se dirigea vers l'une des cabines alignées le long du mur sud, et prit l'appareil que lui tendait un employé.

— Achetez cinq mille Motors à soixante-cinq.

— General Motors.

— Il y en a d'autres qui suivent.

Il raccrocha et se rendit au poste 3. Un vieil ami, McKechnie, bifurqua droit sur lui. Ils se croisèrent sans le moindre signe de reconnaissance. Sporadiquement, pendant les heures qui suivirent, tout en allant et venant dans la salle, en achetant et vendant, dans l'ancien garage transformé en annexe, en conversant avec des gens à son bureau, il pensait à quelque chose qui ne lui était plus revenu en tête depuis bien des années. C'était l'impression que tout le monde connaissait ses moindres pensées. Il ne pouvait pas se rappeler quand ce soupçon lui était venu pour la première fois. Très tôt, visiblement. Tout le monde connaissait ses moindres pensées, mais lui ne connaissait aucune des leurs. Les gens dans la salle bougeaient très vite, à présent. Il flottait dans l'air un potentiel électrique contradictoire, un sentiment presque éperdu de réjouissance et d'affliction. A son poste, il arrivait qu'un prix provoque un brouhaha chez les traders, les spécialistes, les employés. Lyle contemplait les codes des titres et, au-dessous, les silhouettes tendues et le vomi informatique. Des crimes sexuels intériorisés. Une rêverie ouvragée de violence et de malveillance. Telles étaient les hontes de son adolescence. Si tout le monde, ici, avait connu ses pensées actuelles, si ce message en code verdâtre qui courait sur l'écran avait représenté le déchiffrage interne de Lyle Wynant, les débris mentaux à eux seuls auraient causé son humiliation, tous ces gravats inexprimables par des mots, le verre, les chiffons et le papier de ses petits délires indéfinissables. Les conversations qu'il avait avec lui-même, cahoté debout dans un tunnel, retenu à une poignée. Tous les rituels cérémoniaux, les corvées ménagères de l'âme. Tout cela était bien plus révélateur, à son avis, qu'une quelconque variation incestueuse de routine. Le brouhaha s'accrut dans la salle lorsque Xerox apparut sur l'écran. Commissionnaires masculins et féminins flirtaient tout en allant et venant. Le papier usagé s'accumulait. Ce n'était sans doute pas une impression bien originale parmi les enfants déjà grands et les adolescents, que tout le monde connaît vos pensées. Cela vous plaçait au centre de tout, même si c'était d'une manière effrayante et passive. *Ils savent mais ne le montrent pas*. Comme le rythme ralentissait, il se rendit dans la section réservée aux fumeurs, juste derrière le poste 1. Frank McKechnie s'y trouvait déjà, occupé à ôter le filtre d'une cigarette.

— Je suis d'une humeur de chien.

— Moi aussi.

— C'est la déchéance totale.

— De quoi parlons-nous ? demanda Lyle.

— Du monde extérieur.

— Il est encore là ? Je croyais que nous l'avions éliminé pour de bon. Je croyais que c'était justement cela le dénouement.

— Je vois des masques mortuaires partout où je vais. Là, là, et là. Ma femme est en train de subir des examens. Ils lui prennent de la peau sous le bras. Mon frère est là-bas aussi, avec ses coups de fil. J'ai des visions, Lyle.

— Ne rentre pas chez toi.

— J'ai cru comprendre que vous aviez quelque chose à regarder, vous autres, ces derniers temps.

— Ah, et quoi donc ?

— La nouvelle secrétaire de Zeltner. Je me suis laissé dire que ça marche et ça parle.

— Je n'y suis pas encore passé cette semaine.

— Une vraie touffe ambulante, à ce qu'on dit. J'aimerais bien que tu te renseignes pour m'en parler plus en détail. Il faut bien que je continue à vivre. Je ne suis pas d'humeur pour ce qui se passe là-bas. Elle repasse encore des tests demain. Cette saloperie de toubib dit que ce pourrait bien être un cancer.

— Déjeunons ensemble, un de ces jours.

Pammy considérait les ascenseurs du World Trade Center comme des "endroits". Non sans un mépris morbide, elle se demandait : "Quand cet endroit va-t-il arriver au quarante-quatrième ?" Ou : "Ce n'est sans doute qu'une question de temps, avant que cet endroit se coince entre deux étages, avec moi à l'intérieur." Les ascenseurs étaient censés être des endroits clos. Ceux-ci étaient trop grands, en vérité, pour correspondre à cette description. Ils avaient aussi des portes différentes pour l'entrée et la sortie, ce qui, généralement, caractérisait plutôt des endroits que des ascenseurs.

Si les ascenseurs étaient des endroits, les halls des immeubles étaient des "espaces". Elle trouvait qu'il fallait des termes abstraits, devant un grandiose aussi tyrannique. Quatre fois par jour, elle se sentait rétrécie, progressivement nanifiée en marchant sur cette moquette bleu-violet. Des espaces. Des lieux indéfinis. Des emplacements considérés comme occupés par quelque chose.

Depuis les bureaux de Grief, elle voyait l'étendue de terre remblayée, les jetées, les extrémités ouest de rues anonymes. Même de cette hauteur, elle pouvait encore déceler l'intensité accablante de la chaleur, cette force au lent tourbillon. Elle s'élevait dans l'air, âme collective des vivants.

2

Lyle se rasait symétriquement, une partie du côté gauche de son visage, puis la partie correspondante du côté droit. Après chaque série gauche-droite, la crème à raser restait répartie également des deux côtés.

En traversant les rues le matin, Pammy se méfiait des voitures qui arrivaient par-derrière et lui bloquaient soudain la vue, l'obligeant à s'arrêter pendant qu'elles tournaient. La ville fonctionnait suivant les principes de l'intimidation. Elle le savait et s'efforçait d'être prête, sans craindre de traverser la route oblique d'un pare-chocs qui s'insinuait peu à peu dans l'intense circulation piétonne.

La voiture qui s'engageait dans Liberty Street ne la bouscula pas du tout. Mais elle ralentit au contraire de manière tout à fait inattendue quand Pammy commença à traverser. Le conducteur avait une main sur le volant, la gauche, et se tenait partiellement adossé à la portière. Il lui faisait face, pratiquement, et elle marchait droit sur lui. Elle vit par la fenêtre qu'il avait les jambes très écartées, le pied gauche apparemment sur le frein. De la main droite, il se massait l'entrejambe. Elle avait vaguement conscience de deux ou trois autres personnes qui traversaient aussi la rue. Le conducteur la fixa du regard, puis jeta un coup d'œil sur sa main. Il avait un air d'homme d'affaires, légèrement pressé. Elle se détourna et poursuivit son chemin au milieu de la rue, pour traverser à bonne distance de l'arrière de la voiture. L'homme accéléra, se dirigeant à l'est vers Broadway.

Ils draguaient en voiture, maintenant. C'était nouveau pour elle. Elle marchait en ligne droite vers la tour nord, mais sans éprouver aucun sens réel de destination. Sa colère s'en prenait à tout ce qui l'entourait. Elle avançait parmi d'énormes taches, des étendues de choses indistinctes. D'une certaine façon, il n'y avait pas moyen de décliner ce genre de propositions. Voir la proposition, c'était l'accepter, automatiquement. Il l'avait prise dans sa voiture et l'avait emmenée dans un genre d'entrepôt, sur l'autre rive du fleuve, où il s'était garé devant un bâtiment aux vitres cassées. Là, il lui avait appris sa façon de parler, ses croyances et ses coutumes, les noms de son père et de sa mère. Cela fait, il n'avait plus besoin de mettre la main sur elle. Ils faisaient désormais partie l'un de l'autre. Elle l'emportait partout avec elle, comme un scarabée mort dans son sac.

A l'université, les filles de son bâtiment avaient baptisé "vers" les pervers. Au moindre bruit, dans les bois qui s'étendaient derrière leurs dortoirs, elles réagissaient en criant tout au long du couloir : "Alerte aux vers, alerte aux vers." Pammy entra dans l'immeuble et traversa l'immense hall, l'espace nord, soudain rejointe par des milliers de gens qui arrivaient par d'autres portes, et en particulier par les accès des lignes de métro au sous-sol, où des vendeurs à la sauvette fourguaient des parapluies dans des recoins encore inachevés de la construction. Elles avaient été bien bêtes d'en faire une rime.

Lyle vérifia dans ses poches sa monnaie, ses clés, son portefeuille, ses cigarettes, son stylo et son bloc-notes. Il recommençait cinq ou six fois par jour, distraitement, à fouiller son pantalon et sa veste en marchant, après le déjeuner, en sortant d'un taxi. C'était une routine qui ne requérait aucune préparation consciente et qui cependant le rassurait, chose suprêmement importante, sur la présence de ses objets et leur emplacement. A la maison, il empilait des pièces sur la commode. Quelquefois, il essayait de voir combien de temps il pouvait se servir d'une serviette pour le visage avant que son état ne le force à la jeter dans le panier à linge. Souvent, il portait l'une des trois ou quatre cravates dont il n'aimait pas vraiment la couleur ni le motif. Les autres, les bonnes, il s'en servait rarement, préférant les voir suspendues dans le placard. Savoir qu'elles survivraient aux moins belles lui procurait un plaisir certain.

Il était grand, avait les cheveux blond cendré, et il était le plus jeune associé de sa société. Il n'avait jamais porté de lunettes, mais il se trouvait toujours quelqu'un pour lui demander où elles étaient. Un certain type de maîtrise de soi, peut-être même presque de décadence, rendait apparemment logique le port de lunettes. Les mêmes gens, et bien d'autres aussi, lui demandaient en le voyant sortir une cigarette du paquet, depuis quand il fumait. Lyle était secrètement blessé de ces défauts d'observation ou de mémoire de la part de ses connaissances. Confusément, il s'attribuait la déficience réelle.

Il y avait dans ses mouvements quelque chose de solennel, une précision de barreur. Il semblait rarement se hâter, même à la corbeille, mais c'était là un effet trompeur, le résultat d'une allure régulière, la manière calculée dont il manœuvrait dans une pièce. Son corps était dépourvu de tout excès. Il n'avait pas de poils sur la poitrine, et un simple duvet sur les bras et les jambes. Ses yeux gris et adoucis évoquaient de lointaines distances. Ce regard pâle, ce visage presque stylisé et dépourvu de traits soutenus, ces espaces dans son attitude, tout donnait à penser qu'il devait être difficile à connaître.

Le vieil homme était encore devant Federal Hall, grisonnant, l'œil humide, brandissant sa pancarte au-dessus de sa tête – les banques, les tanks, les multinationales. Le panneau était fait d'étroites planches rattachées à chaque bord vertical, ce qui le rendait relativement stable en plein vent, quand il y avait du vent. Lyle traversa en diagonale vers le Stock Exchange. L'air était déjà torride. En sortant du bureau, les gens chercheraient un endroit où se cacher. Dans le quartier financier, tout avait tendance à dépasser le niveau acceptable. Les grands immeubles tassés les uns contre les autres enfermaient tout, réverbérant la chaleur, canalisant des rafales de vent océanique pendant tout l'hiver. C'était également un environnement expérimental pour les états d'esprit extrêmes. Chaque jour les intouchables étaient dehors, des femmes avec des chariots déglingués, un homme traînant un matelas, des ivrognes ordinaires venus du quartier des entrepôts fluviaux ou des cratères des chantiers au bord de l'Hudson, des va-nu-pieds, des amputés, des toxicos, des hommes qui abandonnaient des groupes endormis dans des caisses à poissons sous l'autoroute, et qui boitaient tout au long des môles et des ruelles, du terrain d'atterrissage des hélicoptères, jusqu'à Broad Street, véritables haillons vivants. Lyle considérait ces gens comme infiltrés dans le quartier. Des éléments qui s'insinuaient. Des déploiements anonymes d'existence. L'exploitation de la folie et de la crasse comme bases de dénonciation du capitalisme ne lui semblait pas convenir particulièrement ici, malgré les apparences. C'était autre chose, que ces hommes et ces femmes étaient venus signifier, par leurs vociférations et les traînées de vomi sur leurs pieds. Le porteur de pancarte des marches de Federal Hall ne faisait pas partie de tout cela. Il était bien dans le contexte, en professant clairement son opposition.

Lyle échangea quelques paroles banales avec ses collègues de travail. Une liste de participation pour des paris de base-ball était fixée au mur, au-dessus du téléphone. La salle commençait à se remplir. Les gens, dans l'ensemble, étaient assez joviaux. Un sain équilibre régnait jusque dans les moments les plus frénétiques. Tout était prévu. Il y avait des règles, des principes et des coutumes. Au milieu de ce crépitement électronique, on arrivait à avoir l'impression de participer à une recherche effrénée d'ordre, d'élucidation, d'identité parmi les constituants d'un système. Tout le monde explorait à tâtons, vers un équilibre. Après les cris des courtiers, les cotes, les enchères, la cadence et la sonnerie d'un marché aux enchères, il y avait toujours un prix final, bon ou mauvais, un aplanissement des désirs matériels du monde. Les participants du marché étaient terre à terre. Ils se jouaient des tours. Ils ne dérivaient pas au-delà des marges des choses. Lyle se demandait quelle part demeurait du monde, cet endroit dont ils partageaient une vision lucide, où il pût encore vivre.

Juste avant midi, il se passa quelque chose au poste 12. Lyle eut tout d'abord l'impression d'un fléchissement, d'un effondrement du rythme. Il perçut une précipitation, une turbulence inaccoutumée, des gens qui s'agglutinaient et qui regardaient alentour. Il se rendit compte que le claquement sec entendu quelques secondes plus tôt était un coup de feu. Il pensa : *petites armes*. Il se fit une nouvelle explosion d'activité, cette fois plus décousue, au poste 4, plus près de Lyle, non loin de l'entrée de l'annexe de la salle bleue. Des gens criaient, quelques individus, d'une voix incertaine, saisie dans une intonation de surprise polie. Il vit la première action définie, des hommes qui se déplaçaient rapidement dans la foule, à l'oblique, se faufilant entre les gens, s'efforçant de passer. Ils poursuivaient quelqu'un. Il s'approcha du seuil de la salle bleue. Totale confusion à l'intérieur. Un vigile l'effleura au passage. Impossible de courir dans cette cohue. Ceux qui se déplaçaient rapidement avançaient de biais ou de trois quarts, par petits pas sautillés. Le gong électronique retentit. A l'extrémité de la salle il vit des têtes onduler au-dessus de la foule, toute une succession de têtes, celles des poursuivants. Dans la salle bleue, les gens ne savaient plus où donner de la tête. Une jeune femme, une commissionnaire en robe bleue, se couvrait la bouche avec le feuillet qu'elle portait ailleurs. Lyle fit demi-tour et se rendit au poste 12. Il y avait un corps. Quelqu'un faisait du bouche-à-bouche. Du sang se répandait sur le torse de la victime. Lyle vit un homme s'écarter d'un petit filet de sang qui avançait par terre. Là, tout le monde était attentif, figé dans l'immobilité. C'était pour l'instant le secteur le plus calme de la salle.

Plus tard dans l'après-midi, il prit un verre avec Frank McKechnie dans un bar à proximité du Stock Exchange. McKechnie commençait à avoir l'air d'un chauffeur de tsar du crime. Il s'épaississait et grisonnait de jour en jour, et ses vêtements résistaient à grand-peine à la poussée de consistance et d'ampleur qu'il avait subie ces dernières années. Ils fumèrent un moment en silence, les yeux fixés sur des rangées de bouteilles. McKechnie avait commandé deux bières glacées, en soulignant glacées d'une voix presque belliqueuse.

— Que savons-nous ?

— George Sedbauer.

— Ça ne me rappelle rien, dit Lyle.

— Je connaissais George. C'était un type intéressant. Il savait séduire les gens. Séduire n'importe qui à mort. Mais il avait un truc, un talent pour les complications. Il trouvait toujours des moyens de se créer des ennuis. S'il n'existait pas de moyen, il en inventait un. Il a eu plus d'une fois des problèmes avec le conseil de surveillance. George était sympathique, mais on ne pouvait jamais savoir où il était.

— Jusqu'à maintenant.

— Maintenant, on le sait.

— J'ai entendu dire qu'on avait rattrapé le type dans Bridge Street ou par là ?

— Ils l'ont pris dans la salle du fond. Il n'est jamais arrivé jusqu'à la rue.

— J'ai entendu rue.

— Il n'est pas allé plus loin que la salle du fond, rétorqua McKechnie. Celui qui t'a parlé de Bridge Street, dis-lui qu'il tisse une toile de mensonges.

— J'ai entendu dire qu'il avait réussi à sortir.

— Pure invention.

— Un tissu de mensonges, c'est bien cela ?

— Qu'as-tu entendu dire sur son identité ?

— Rien, admit Lyle.

— Tant mieux, parce qu'il n'y a rien à entendre dire. Pour autant qu'on puisse savoir, il n'a jamais existé jusqu'à aujourd'hui. Dis, quand vas-tu enfin venir dîner avec ta bon Dieu d'épouse et tout ça ?

— Nous ne sortons jamais.

— Ma femme est toujours dans ses examens.

— Nous avons apparemment du mal à sortir. Nous ne sommes pas organisés. Elle est aussi affreuse que moi. Un de ces jours, nous allons nous organiser mieux.

— Tu es sûr que tu es vraiment marié, Lyle ? On raconte que tu as tellement d'histoires avec tellement de femmes à tellement d'endroits, que tu ne peux franchement pas avoir une femme par-dessus le marché. C'est ce qu'on raconte.

Lyle loucha dans son verre, en souriant vaguement.

— D'après ce que j'ai compris, il avait un badge de visiteur.

— C'est juste, dit McKechnie.

— Eh bien, visiteur de qui ? Visiblement, c'est là qu'il faut chercher.

— Il venait voir George Sedbauer.

— Je ne le savais pas.

— C'est George qui l'a fait entrer.

— Eh bien, s'ils se connaissaient, il faut se demander pourquoi le type l'a abattu là, plutôt que dans une petite rue.

— Ce n'était peut-être pas prévu, de l'abattre.

— Ils ont eu une altercation, dit Lyle.

— Ils ont eu une altercation, et voilà le type qui brandit un pistolet. Qu'ils ont d'ailleurs retrouvé, soit dit en passant. Un pistolet à blanc, limé pour laisser passer une balle de calibre vingt-deux.

— Comment peut-on avoir une altercation dans la salle avec quelqu'un de l'extérieur ? Qui, dans cette salle, a le temps d'entamer une altercation avec son propre visiteur ?

— Les gens qui portent un badge ne sont pas tous ta belle-sœur débarquant de East Hartford. George avait peut-être des amis intéressants.

McKechnie agita l'index au-dessus des verres. Le barman s'approcha d'eux, tout en parlant à quelqu'un pardessus son épaule.

— Tu sais ce que tout cela veut dire, n'est-ce pas ?

— Dis-moi, Frank.

— Cela veut dire qu'ils vont installer un détecteur de métaux et que nous allons devoir y passer chaque fois que nous entrerons. Je déteste ces satanés trucs. Ils peuvent t'endommager la moelle épinière. Ma vie est déjà assez vache comme ça.

3

Lyle était assis à une fenêtre, chez lui, en jean et T-shirt, nu-pieds, et il buvait de la bière irlandaise.

Pammy achetait des fruits à un étal au coin de la rue. Elle adorait la vue des fruits dans des cageots, dehors, des savants empilements de pêches et de raisins. Acheter des fruits frais lui causait une agréable sensation. C'était un acte d'excellence morale. Elle était impatiente de rapporter le raisin à la maison, pour le mettre dans une jatte et faire couler l'eau fraîche sur les grappes. Cela lui causait un tel plaisir, de soulever une grappe dans sa main et de sentir l'eau rafraîchissante couler au travers. Et puis il y avait les pêches. La qualité terrienne de la pêche.

Lyle se souvint d'avoir vu des pièces d'un *cent* dans la chambre. Il y alla. Il les trouva au bout de dix minutes, trois pennies, posées sur une boîte de Kleenex mordorée. Il entendit Pam sortir ses clés de son sac. Il empila les trois pennies sur la commode. Les jetons de métro du côté droit de la commode. Les pennies du côté gauche. Il retourna se poster à la fenêtre.

Pammy dut poser le sac de fruits pour pouvoir ouvrir la porte. Elle se rappela ce qui l'avait contrariée, la vague présence. Sa vie. Elle détestait sa vie. Mais c'était un point mineur, une petite contrariété. Elle avait tendance à oublier. Quand elle se souvint de ce que c'était, qui l'avait ennuyée, elle éprouva une certaine satisfaction à s'en être souvenue, et un soulagement certain à constater que ce n'était rien de pire. Elle pénétra dans l'appartement.

— La voilà.

— Salut, tu es rentré.

— Qu'y a-t-il donc dans ce drôle de sac tout mouillé ?

— Je ne veux peut-être pas te le montrer.

— Des fruits.

— Je t'ai rapporté des melons.

— "Est-ce que j'aime le melon, demanda-t-il", lança Lyle.

— Et ces prunes, c'est incroyable, non ?

— Qui va manger tout cela ? Tu n'en manges jamais. Tu en grignotes un peu quand tu les sors du sac et puis c'est fini, Chiquita. Dans la corbeille à fruits, pour se ratatiner.

— Tu aimes les prunes.

— Et puis tu dis que c'est pour moi, regarde ce que je t'ai rapporté, les plus belles clémentines du monde, tchomp tchomp.

— Eh bien, je trouve que les fruits sont jolis.

— Dans la corbeille à fruits, pour se ratatiner comme des fœtus.

— Où est ma bière ? demanda-t-elle.

Il avait pris une expression spéciale, censément une imitation de son air vertueux des jours de fruits, qui la fit rire. Elle traversa l'appartement, retirant ses vêtements, rangeant les fruits, sortant du fromage et des crackers. Il y avait des bribes d'elle partout. Lyle la regardait en fredonnant quelque chose.

— Un type s'est fait descendre, aujourd'hui, au bureau. Coup de pistolet.

— Quoi, au Stock Exchange ?

— Quelqu'un l'a abattu, tout d'un coup.

— Tu l'as vu ?

— Ping.

— Ciel, mais qui ? Encore des Porto-Ricains ?

Il tendit le bras sur son passage. Elle se coula contre lui tandis qu'il se levait de son siège. Elle le sentit glisser son pouce sous l'élastique, au creux de ses reins. Elle tendit les bras derrière lui pour tirer les rideaux. Il se rassit en fredonnant quelque chose, les bras levés tandis qu'elle lui ôtait son T-shirt.

— Je ne voudrais pas dire des Porto-Ricains. Je ne voudrais pas dire des gens de couleur ni aucun des Blancs bien pensants qui ont entrepris de lutter contre la lutte, sans savoir, vois-tu, que le système capitaliste, la structure du pouvoir et le mode de répression sont en eux-mêmes une lutte. Ce n'est pas chose facile que d'être l'oppresseur. Cela représente beaucoup de travail. Un dur labeur quotidien, sans gloire. A arpenter le bitume. Vérifier des dossiers et des fichiers. A passer des coups de fil sans fin. Pour réussir, l'oppression dépend de tout cela. En conclusion, je dirai donc qu'ils luttent contre la lutte. Mais je ne voudrais pas dire que c'étaient des Porto-Ricains, des communistes ou Dieu sait quoi encore. Y en avoir pas bombe, rappelle-toi. Y en avoir pistolet, ping.

Pammy et Lyle, dévêtus, étaient face à face sur le lit blanc, agenouillés, chacun avec les mains sur les épaules de l'autre, dans la lumière terne qui baissait d'un dixième de seconde à l'autre. La chambre était fermée sur le soir parcimonieux de la rue, l'heure des bruits pensifs, quand tout est provisoire. Le climatiseur ahanait laborieusement. Il y avait des éclairs intermittents au loin, des zébrures à haute tension. A chaque décharge, une teinte neutre, résiduelle, comme de cendre refroidie, pénétrait dans la chambre. Pammy et Lyle commencèrent à s'effleurer. Ils connaissaient les images fluctuantes de la similarité physique. C'était un lien inexprimé, un élément de leur vie consciente commune, ce silence creusé entre des gens qui vivent ensemble. Recroquevillés chacun entre les membres et la silhouette de l'autre, ils paraissaient renouvelables, cellules issues d'une division précise. Leurs langues glissaient sur une chair plus humide. C'était cette humidité divinatoire, intuition d'une nature immergée, qui les poussait l'un contre l'autre pour se lécher, en une quête impatiente. Il goûta du vinaigre dans ses cheveux déroulés. Ils s'écartèrent un moment, se touchant d'une distance étudiée, dans une expérimentation introspective, un échange complexe. Il se releva pour aller éteindre le climatiseur et ouvrir la fenêtre. Le soir était odorant, comme rechargé. Le tonnerre retentissait juste au-dessus d'eux. Ce qu'il y avait de mieux dans l'été, c'étaient ces orages qui remplissaient une pièce, presque médicalement, de sensation du temps, de lumière variable. La pluie frappait les vitres comme par balles. Ils pouvaient voir les arbres, au fond, ployer sous la violence du vent. Lyle s'était mouillé les mains et le ventre en ouvrant la fenêtre, et ils attendirent qu'il ait séché en prenant des accents étrangers pour parler d'un orage qu'ils avaient traversé en voiture, quelque part dans les Alpes, et ils riaient en "portugais" et en "néerlandais". Elle s'insinua auprès de lui, leur solitude muée en abri contre toute cette pluie. Ils perdirent le contact pendant un moment. Elle le ramena à eux, poussée par le besoin de ce conflit de surface, de la logique palpable de sa queue fouissant en elle. Puis elle s'agrippait, abandonnée à la contagion du mouvement, cambrée, tandis qu'ils jouaient jusqu'à la souffrance, resplendissants comme de jeunes tigres.

C'était le moment de la "prestation", songeait-il. Il allait falloir la "satisfaire". Il allait devoir "s'exécuter". Ils feraient des efforts pour "communiquer".

Quand il fut bien sûr qu'ils en avaient fini, il s'écarta, et sentit une infime pulvérisation de pluie, qui rebondissait sur le bord de la fenêtre. Allongés sur le dos, ils reprirent leur souffle. Elle voulait une pizza. Elle avait un peu honte de ne pas avoir envie de fruits. Mais elle avait travaillé toute la journée, pris des métros et des ascenseurs. Elle ne pouvait pas faire face aux conséquences des fruits, à leur caractère périssable, au devoir que leur ingestion représentait. Elle voulait s'asseoir dans un coin, seule, et se bourrer de *junk-food*.

Elle traîne les pieds jusqu'à la salle de bains, se dit-il.

L'obscurité s'épaississait. Elle s'assit au pied du lit pour s'habiller. La pluie se calmait. Elle entendit le camion du glacier ambulant Mister Softee dans la rue. Il s'annonçait par une ritournelle enregistrée, un son qu'elle détestait, le même gémissement mécanique et grinçant tous les soirs. Elle ne pouvait pas entendre ce bruit sans en éprouver une grave oppression mentale. Pour l'exprimer, elle émit une sorte de grognement étouffé, dont le *m* frémissant signifiait qu'elle était au bord de quelque chose.

— Il existe vraiment un Mister Softee.

— Je finis par le croire, dit-elle.

— Il est assis à l'arrière du camion. C'est lui qui fait ce bruit. Ce n'est pas une musique sur disque ou cassette. C'est sa bouche. Ça sort de sa bouche. C'est sa langue. Ils parlent comme ça, à l'arrière des camions des glaciers ambulants, partout dans la ville. Je ne dirais pas dans tout le pays. Cela ne s'est pas encore répandu.

— Un phénomène local.

— Il reste assis là, à baver. Il est très gros, comme un truc en pâte. Il ne peut pas se lever. Sa chair n'a pas la consistance qu'il faut.

— Il n'a pas d'organes génitaux.

— Ils sont quelque part là-dedans.

— Blague à part, si nous parlions, dit-elle.

Elle s'approcha à quatre pattes sur le lit, en chemise et jean, et s'installa près de lui, pressée contre lui d'un air repu. Il émit un son, puis se mit à lui mordiller la tête. Elle lui grattouilla les côtes.

— Attention à toi.

— Je mords les têtes pour gagner ma vie.

— Attention à toi. Je sais où et comment frapper.

Il fit des bruits de déglutition, qui semblaient l'amuser davantage que la plupart des bruits qu'il faisait. Il passa à des étranglements haletés, à partir des sons originaux. Il commença à se noyer et suffoquer, en s'efforçant convulsivement de respirer. Pammy répondit à la quatrième ou cinquième sonnerie du téléphone, comme elle faisait toujours, soit parce qu'elle trouvait cela chic, songea-t-il, ou juste pour l'ennuyer. C'était Ethan Segal. Jack et lui allaient passer. Qu'avons-nous à boire ?

Lyle appela le Steak-Téléphoné. Quand le dîner arriva, ils étaient tous déjà un peu ivres. Ethan passa lourdement à table, avec un sourire de joueur d'échecs. Ils s'installèrent, chacun apportant son verre, et entreprirent d'ôter les feuilles d'aluminium qui recouvraient les steaks, la salade, les pommes de terre, le pain, le sel et le poivre.

— C'est l'anniversaire de Jack.

Personne ne dit rien.

— J'ai trente ans.

— Bienvenue dans la Vallée de la Mort, dit Lyle.

— Je me sens différent.

— Mais pas plus raisonnable, lança Ethan.

— J'avais toujours trouvé trente ans très vieux. Je rencontrais des gens qui avaient trente ans, et je me disais Seigneur, trente ans.

— Attends d'avoir la quarantaine, riposta Ethan. L'enfer se déchaîne pendant dix petites minutes. Et puis tu commences à vieillir tranquillement. Ce n'est pas terrible, en vérité. On se met à aller au théâtre en pantoufles, et les gens pensent que tu dois être un type extraordinairement intéressant, dont on va bientôt parler dans *Quoi de neuf*, tu sais, ou *Tout le monde en parle*, dans *Vogue* ou un autre truc du même genre.

— Nous avons oublié d'ouvrir le vin, dit Jack.

— A quel moment précis, voulut savoir Pammy, arrive-t-on à la quarantaine ?

— Le vin, Lyle.

— Nous n'en avons plus. Pas de vin. Il a fallu vendre la cave aux enchères pour payer les impôts du domaine.

— Nous en avons apporté, dit Jack. Nous sommes venus avec du vin.

— Il n'y a pas de vin, Jack. Tu es libre de fouiller pour vérifier.

— Il est dans le taxi, dit Ethan.

Jack répéta : Le taxi.

— Nous l'avons laissé dans le taxi. Je me rappelle distinctement que nous l'avions en montant dans le taxi, et je ne me souviens pas de l'avoir revu par la suite.

— Parce que tu l'as bu, suggéra Pammy.

— Parce que j'ai bu le vin dans le taxi.

— Ai-je bien entendu Coca sans calories ? demanda Jack.

Ils parlaient vite et riaient aux seules intonations, à la seule perspective d'un mot d'esprit. Ce n'est pas vraiment drôle, songea Lyle. Cela paraît drôle parce que nous commençons à être un peu ivres. Mais personne ne dit rien de vraiment drôle. Demain, elle dira quelle soirée amusante, et je dirai ça n'en avait que l'air, et elle me jettera un drôle de regard. Un drôle de regard – il voyait le regard, mais ne l'exprima pas sous forme verbale, passant plutôt à la série suivante sans espaces, un cadre semicohérent de “mots” atomiques. Mais je saurai que j’ai raison parce que je me signale en ce moment même de me rappeler demain que nous ne sommes pas vraiment drôles.

Boucle-la, s’enjoignit-il.

Jack Laws entretenait dans son rire un élément d’hystérie. Sa tête se renversait, ses mains se posaient comme des serres sur sa poitrine, et il s’extirpait quelques exclamations de joie phobique. C’était un maniérisme culturel à la mode, une indication du soupçon que rien de ce que nous disons ou faisons ne peut être convenablement mesuré sans se référer à la peur qui envahit toute situation et toute chose spécifique. Jack était large d’épaules et court sur pattes. Il avait le nez retroussé, une petite bouche et un menton fendu. Avant tout, son visage possédait une innocence malicieuse qui s’estompait rapidement dans des nuances d’incertitude ou d’agressivité, selon la situation. Sa présence était une valeur sûre dans la plupart des assemblées. Le secteur où il se trouvait apparaissait toujours comme un recoin sociable et chaleureux. Dans certaines pièces, toutefois, la réaction des gens à l’égard de Jack, amicale ou indifférente, dépendait entièrement de leurs sentiments envers Ethan. Pammy avait conscience de ces angles de réflexion. Elle s’efforçait, dans ces moments-là, de détourner Jack subtilement.

Ethan était retourné se carrer dans le fauteuil, toujours avec son sourire mystérieux. Il marchait à la vodka, pure. Jack terminait le steak de Pammy tout en parlant d’un de ses amis, qui s’entraînait pour traverser à la nage un détroit d’Europe, le premier à tenter la traversée nord-sud, ou quelque chose de cet acabit. Il y avait un disque comique en fond sonore. C’était le nouveau truc de Lyle. Il passait ce genre de disques très fréquemment, pour attraper le rythme, le phrasé, les dialectes, et répéter ensuite le tout aux gens de son bureau, dans les moments de répit. Il passait celui-ci pour le bénéfice d'Ethan. Il observait Ethan, étudiant sa réaction au fil du disque, tandis que Jack mangeait et parlait, et que Pammy errait dans la pièce. Au bout d'un moment, il la rejoignit près des rayonnages de livres.

— Tu as payé le truc de Saks ?

— Non, quel truc ?

— Ils sont là à tirer la langue, dit-il. Ils joignent des billets doux à la facture. Ils t'appellent Chère Madame.

— La semaine prochaine.

— Tu l'as déjà dit.

— Ils attendront.

— Où t'ai-je dit qu'était la pile pour la pendule italienne, quand celle qui est dedans aurait rendu l'âme ?

— Je ne sais pas.

— Tu as déjà oublié.

— Quelle pile ? dit-elle.

— J'ai fait neuf magasins avant de trouver. C'est un volt quatre. On ne peut pas juste aller au coin de la rue. C'est une certaine taille. Le moins que tu puisses faire, c'est de te rappeler où elle est quand je te le dis.

— Il y a déjà une pile dedans.

— Pour quand elle sera usée, reprit-il. L'espérance de vie est d'environ dix mois, et nous avons déjà cette pendule depuis plus ou moins ce temps-là.

— Okay, où est la pile ?

— Dans le tiroir de la cuisine avec le tire-bouchon et les rubans.

Lyle passa dans la chambre et alluma la télévision. C'était la seule lumière. Il regarda quelques minutes, puis commença à zapper. Jack entra, et il dut arrêter. Cela rendait Lyle nerveux, de regarder la télévision avec quelqu'un d'autre dans la pièce, même Pammy, même quand il ne changeait pas de chaîne toutes les vingt secondes.

La télévision avait quelque chose de personnel. C'était intime, susceptible de devenir embarrassant.

— Qu'est-ce qu'il y a ?

— Pas grand-chose.

— Tu la regardes beaucoup ? demanda Jack. Moi, oui.

— Ça m'arrive.

— Ça change les idées. On n'a pas besoin de s'impliquer trop. Ecouter, parler, tout ça.

— Je parle toute la journée, dit Lyle.

— Exactement, je sais bien.

Jack n'avait pas bougé de l'encadrement de la porte. Il mangeait une pêche, debout dans la lumière du couloir. Quand il se retourna en riant, réagissant à quelque chose qu'avait dû dire Ethan ou Pam, Lyle vit la touffe de cheveux blancs au-dessus de sa nuque. Il eut envie de dire quelque chose à ce sujet mais, quand Jack finit par se retourner, il n'avait plus envie.

— Le lit est en désordre, mais entre, trouve un siège, installe-toi.

— Ça va comme ça, je furète simplement.

— Il n'y a rien, on dirait.

— Mais c'est incroyable, ce qu'ils montrent quelquefois. Je trouve ça dégoûtant, Lyle, pas toi ? Je n'arrive pas à y croire. C'est tellement dégueulasse. Qui sont ces gens ? Je refuse de regarder. Je ne regarde absolument jamais. Mais Ethan regarde, lui.

— On voit parfois quelque chose, tu sais, intéressant d'une autre façon. Je ne sais pas.

— Quelle autre façon ?

— Je ne sais pas.

— Je n'arrive pas à y croire. Ce qui se passe. En pleine vue, à la télé.

— Qu'est-ce que tu fais en ce moment, Jack ?

— J'envisage de monter un truc.

— Quel genre ?

— Je sais où trouver les listes de mailing micro-filmé des deux cent mille abonnés aux huit ou neuf publications traitant de la santé. Je crois que c'est de A à M.

— Et puis quoi, tu vas les vendre ?

— Les vendre, oui.

— Quoi d'autre, évidemment.

Quoi d'autre, les vendre.

Ils regardèrent et écoutèrent pendant dix minutes, tandis que deux présentateurs essayaient de meubler le temps pendant le retard dû à la pluie d'un match de base-ball.

— Nous avons deux téléviseurs, dit Jack.

— Je l'envisage aussi.

— Je lui en ai fait acheter un deuxième.

Il rit légèrement, en terminant sur une note d'appréhension, et retourna dans la salle de séjour. Pammy était assise par terre. Elle tapotait du doigt un glaçon dans son verre, en le regardant plonger brièvement puis refaire surface.

— Tu sais ce que je ne crois pas ? dit-elle. Je ne crois pas que je puisse supporter l'idée de demain.

Elle regarda Ethan, qui avait les yeux rivés au tapis.

— Vraiment, enfin, je ne crois pas.

— C'est l'heure qui fait ça, dit Ethan.

— C'est juste que je ne peux pas assimiler plus de temps que je n'en ai maintenant, là. C'est, là où nous allons, ton ami, là, avec moi. Choisis le mot avec soin, car c'est important. Pas *endroit*, qui est le mot pour ascenseur. Pas bureau ni immeuble, qui sont trop courants et s'appliquent n'importe où.

— Environnement.

— Merci, Jack.

— Veux-tu que je fasse du café ?

— Non, non, ce n'est pas une conversation de café. C'est un sujet qui tient aux tripes. Attends une minute, maintenant, je vais y venir. Ne t'imagine pas que je n'aie pas remarqué que ton ami là ne fait plus depuis fort longtemps la moindre remarque sur son boulot. Pourquoi ? Parce que, tu sais aussi bien que moi ce qui arrive aux gens. Ton ami avait l'habitude de plaisanter. Tu t'en souviens aussi bien que moi, Jack. Nous l'avons tous les deux entendu. Il était tellement drôle quand il parlait de son travail et des gens autour de lui. Les histoires. Tu te rends compte ? Les tarifs journaliers pour les conseils en cas de stade terminal ? Alors si ça traîne, laissez tomber, on vous tient par les couilles ? Et la bonne femme de Syracuse ? Avec sa bestiole en deuil, qu'est-ce que c'était, un canari, à Syracuse, quand l'autre était mort – pas un canari, non, merde, j'embrouille tout. Mais ce n'est pas grave. Vous êtes des amis si proches. Nous sommes des amis intimes, ici. Mais il ne le fait plus. C'est ça le problème, et il croit que je ne m'en rends pas compte. Parce que c'est tellement idiot. Idiot moderne. C'est ce truc que les gens sont des robots, qui me fait peur. Et l'environnement, Jack, merci.

— Je n'ai jamais entendu parler du canari en deuil.

— Mais si, Jack, tu en as entendu parler. Nous en avons tous entendu parler. Elle tendit le bras vers la chambre. Il en parle encore. Tu n'as qu'à dire *Syracuse* à Lyle, et clic-clic-clic, sa façon de rire, oui, avec les paupières.

Ethan fit un ample mouvement du bras, un geste d'annulation. Sa cravate, ornement ironique s'il en est, avait glissé sur le devant de sa chemise, de sorte qu'il semblait porter une écharpe d'enfant.

— Le fait est, dit-il.

Ils attendirent.

— Pour instaurer un changement qu'on peut être réticent à instaurer, qui peut poser des problèmes pour telle ou telle raison, il faut l'annoncer aux gens. Il faut en parler, le dire aux gens. Jack sait où je veux en venir. Il faut que ça sorte. Même si tu n'as pas l'intention de le faire tout de suite, par peur, ou par appréhension, il faut tout de même commencer à le rendre vrai en l'exprimant. Cela change le cheminement de ta vie. Rien que de l'annoncer aux gens, et ça commence déjà à changer. Et si tu décides, finalement, de continuer comme avant, eh bien tant mieux, ça te regarde. Mais si tu as besoin de te sentir à l'orée d'un merveilleux changement, que ce soit le cas ou non, la chose à faire, c'est de l'annoncer aux gens. "Je m'apprête à un merveilleux changement. Je suis sur le point de faire un truc fascinant. Les fibres de tout votre être en seront électrifiées, monsieur, quand je vous dirai ce que je me propose de faire." L'exprimer en mots, c'est voir émerger la possibilité. Peu importe laquelle. Ne te casse pas la tête pour cela. Pour le propos de cette discussion, ce pourrait être l'escalade en montagne, dont nous parlons, ou cet ami de Jack, ce minable souvent cité qui a l'intention de traverser la mer du Nord en nageant de la main gauche. Nos vies sont enrichies par ces petits messages que nous nous envoyons les uns aux autres. Ces choses sont nécessaires. "Je retourne sur les bancs de l'école pour étudier l'arabe, coûte que coûte." Dis-le aux gens pendant six mois. "Je vais aller vivre dans le Maine, sinon gare." Jack voit ce que je veux dire. Dis-le aux gens, dis-le-leur. Invente quelque chose. L'important semble être de se sentir à l'orée de quelque chose. Puis cela commence à devenir vrai, peu à peu. Je ne sais pas, peut-être qu'en parler suffit. Peut-être que tu n'as pas envie d'instaurer le changement. Peut-être que le changement, c'est précisément de l'annoncer aux gens. Comment pourrais-je le savoir ? Pourquoi me le demander à moi ? Lyle, où est Lyle ? Dis bonsoir à Lyle.

— Je crois que je comprends ce que tu veux dire, dit Pammy.

— Vois-tu un scintillement ?

— Je crois que je vois un scintillement.

— Appelons un taxi, Jack. Notre bouteille de vin sera sur le siège arrière. Cela complétera le cercle. Je crois aux cercles.

— Bon anniversaire, Jack, sincèrement.

— J'ai essayé de m'enivrer.

— Pas besoin de t'excuser, dit-elle. Dis à ton ami, là, que je crois comprendre ce qu'il veut dire.

— Eh bien moi pas, rétorqua Jack.

Dans la chambre, Lyle regardait la télévision. Pammy entra, s'assit au bout du lit, là où elle s'était habillée, et se déshabilla. Cela n'avait guère de sens, tout ce rhabillage et déshabillage. Si on calculait le temps. Les heures perdues. Au bout d'un moment, elle se releva, nue, et s'approcha de Lyle, qui lui tournait le dos, dans le fauteuil de metteur en scène. Elle posa les mains sur ses épaules. Le volume de la télévision était réglé au plus bas. Elle entendait des voitures au-dehors, le bruit des pneus sur l'asphalte mouillé, des chuintements étouffés. Son visage avait des contours nordiques et paraissait parfait, dans cette lumière. Il tendit un bras en travers de son torse et lui prit la main.

4

A la clôture des cours, Lyle parcourut Pearl Street vers le nord. Des courants d'air humide balayaient les rues. Comme il attendait un changement de feux, il prit conscience d'une présence à côté de lui, une femme furtive, qui se rapprochait imperceptiblement. Il se retourna légèrement, presque face à elle. Elle s'immobilisa alors et se mit à parler, mais sans s'adresser directement à Lyle, et la tête un peu détournée.

— C'est un dépotoir pour hommes, une pute. Et lui, il est légalement infirme. Il est assis avec ses pendules et ses montres, sachant qu'elle est hors de vue, puisqu'elle est pute. Trois heures du matin. Quatre heures du matin. Franchement, voyons, personne n'a besoin de ça. Pour lui, spécial, elle tombera raide morte. Je m'y attends pour très bientôt.

Lyle observa qu'elle devait être quinquagénaire, un peu rabougrie, mais habillée normalement, et sans doute pas juive, malgré la légère intonation de sa voix. Il bifurqua à l'est dans John Street, énumérant ces faits comme s'il avait conversé avec quelqu'un qui voulût une description de cette femme. C'était une chose qu'il ne faisait par principe que dans l'autobus. Son attention se fixait sur quelqu'un de l'autre côté de l'allée centrale, et il se surprenait à énoncer une description physique de l'homme ou de la femme – presque toujours un homme ; la notion d'interrogatoire de police faisait partie du concept mental. Il était un témoin, identifiant un suspect. Ces intermèdes se développaient à l'improviste ; il se surprenait simplement à décrire (à quelqu'un) la couleur des chaussures d'un type, son pantalon et sa veste, sa taille et son poids approximatifs, sa couleur – noir ou blanc, et ainsi de suite. Quand il s'en rendait compte, il s'arrêtait et s'enjoignait de la boucler. Parfois, en marchant, il apprenait par cœur les numéros d'immatriculation de certaines voitures. Des heures plus tard, il répétait le numéro pour être sûr qu'il le savait toujours. La mise à l'épreuve d'un témoin éternel.

Presque au bout de John Street, se dressait le gratte-ciel jouet dans lequel sa société avait ses bureaux. Dehors, les bancs étaient peints en couleurs primaires, de même que les diverses décorations du bas de la façade. Cela lui rappelait des constructions en cubes et des jeux avec des torches électriques. Il y avait des cabines téléphoniques bizarres, et une horloge superdigitale. Pour arriver aux ascenseurs, il traversa un tunnel bleu éclairé au néon. En sortant de l'ascenseur, il fut arrêté par Teddy Mackel, un homme d'âge mûr qui dirigeait la salle du courrier.

— Tu devrais passer chez Zeltner, Lyle.

— Je me suis laissé dire, oui.

— Ça me donne envie de renier le vœu de chasteté que j'avais fait chez les frères maristes au début du siècle, Lyle, bon Dieu.

— On en a bien besoin par ici, quelque chose, pour le moral des troupes.

— Grande, j'aime ça chez une femme. Grande, agréable.

— Et après.

— Ne jamais finir une phrase sur une préposition, dit Mackel. C'est l'autre truc que j'ai appris chez les frères maristes. C'est un ordre enseignant. Voilà les deux choses qu'ils nous ont enseignées. La chasteté, et comment finir les phrases. Laquelle m'a fait le moins de bien, je te laisse deviner.

— A égalité, je présume.

— Confidentiellement, Lyle, dis-moi : allons-nous survivre ? Mes gosses s'inquiètent. Ils veulent terminer leurs études. Tu es là-bas, dans la poussière de la bataille. Dis quelques mots à nos téléspectateurs.

Il y avait une sorte d'alcôve devant le bureau de Zeltner. Elle était attablée au bureau d'accueil et lisait un livre en édition de poche, les épaules voûtées d'une manière qui, à son avis, indiquait une profondeur particulière de solitude, telle une silhouette d'un tableau de Hopper. Il revint par l'autre côté, après s'être arrêté au distributeur d'eau glacée. Des cheveux blonds plutôt longs. C'est à peu près tout ce qu'il enregistra. Il s'arrêta au bout du couloir, en se demandant que faire ensuite. Il y avait deux ou trois personnes qu'il pouvait aller voir dans leurs bureaux sous des prétextes plus ou moins plausibles. Il n'avait pas grande envie de le faire, mais il ne voulait pas s'en aller non plus. Partir, c'était la solution du néant. Il entendit la porte de l'ascenseur s'ouvrir, et décida qu'il ne pouvait pas traîner davantage. Il retourna à l'alcôve. Il se pencha en tapotant du doigt la surface de la table.

— Où est-il ? Quelque part dans les parages ?

— Il ne m'a pas dit.

— Plus rien ne bouge, ici.

— Je ne sais pas où il est.

— Le mystérieux Zeltner.

— Il oublie de me le dire.

— C'est vrai, j'avais oublié ce détail à son sujet.

— Qui dois-je lui dire qui voulait le voir ?

— Cela n'a vraiment aucune importance, je repasserai.

Les cheveux blonds, presque pas de maquillage ou peut-être même pas du tout, un visage inexpressif, avec des traits assez plaisants. Les dents et les ongles plutôt ternes. La blondeur et une ligne probablement spectaculaire devaient expliquer l'enthousiasme local. Il fallait sûrement la voir en mouvement.

Au quatre-vingt-troisième étage de la tour nord, Pammy s'efforçait de passer le temps en formulant une question pour Ethan Segal. Si les ascenseurs du World Trade Center étaient des endroits, comme elle le pensait, et si les halls d'immeubles étaient des espaces, comme elle le pensait également, alors qu'était le World Trade

Center même ? Etait-ce une condition, une occurrence, un événement matériel, une circonstance existante, une présence, un état, un jeu d'invariables ? Comme Ethan ne répondait rien, elle changea de sujet, en le regardant taper des chiffres dans des petites cases sur un long formulaire, replié par-dessus sa machine, la couvrant, et ne bougeant que les doigts.

— Nous n'avons rien de prévu, dit-elle. Lyle ne pense pas pouvoir s'en aller. C'est complètement dingue en ce moment, d'après ce qu'il me dit. Il parle d'attendre jusqu'en octobre.

— C'est une époque très agréable.

— Je pense que ce serait particulièrement agréable si nous faisions quelque chose ensemble.

— Où ?

— N'importe où.

— Des vallées de temps et d'espace.

— Je crois que ça marcherait très bien, Ethan. Ce peut être lassant, d'être juste deux. Nous nous entendons tous bien.

— Lyle n'est pas libre, alors.

— Tu ne trouves pas qu'octobre soit assez tôt, je suppose.

— Je ne tiendrai jamais jusque-là, Pam.

— Cette ville.

— Juillet, août.

— J'envisage de suivre des cours de claquettes, dit-elle.

— Laisse-moi taper.

— Sans commentaire ?

— Laisse-moi taper un moment, dit-il. J'aime bien remplir de chiffres ces petites cases. Les chiffres sont indispensables à ma vision du monde, désormais ; je ne peux pas croire que je fais une chose pareille. C'est un genre de labeur pour les crapauds. Mais j'y prends un réel plaisir. C'est une telle satisfaction anale. Le contentement, enfin.

Un jour, en fin d'après-midi, Lyle alla attendre devant l'immeuble de John Street. Quand elle sortit, dans une foule, il se rendit compte que ce serait maladroit, physiquement et à tous points de vue, d'essayer de l'isoler des autres. Elle risquait de ne pas le reconnaître. Quelqu'un du bureau risquait de les voir et de se joindre à la conversation. Il la suivit une centaine de mètres, sans essayer encore de la rattraper. A l'angle de la rue, elle monta dans une voiture qui l'attendait, et qui démarra aussitôt. Il en éprouva de la rancœur, comme s'il avait été supplanté par un autre homme. C'était une VW verte, immatriculée 180 BOA en Californie.

Il alla s'asseoir sur un banc, sur une petite place en surplomb du fleuve. Il se sentait curieusement diminué. Des grues s'inclinaient par-dessus les entrepôts de Brooklyn. C'était la ville, la chaleur, une impression d'interminable répétition. Le quartier se répétait en cubes de pierre monochromatique. Lyle se sentait présent dans les *choses*.

Le lendemain après-midi, il parvint à la rejoindre avant qu'elle ne s'engage dans la foule de la rue. Il lui parla sans se départir un instant de son sourire rassurant. Il se concentra sur cette expression au point de pouvoir visualiser ses propres lèvres en mouvement. Ce fut un moment d'extrême détachement. Il ne savait pas ce qu'il disait et, avec les gens qui grouillaient autour d'eux et la circulation qui s'enflait à proximité, il entendait à peine sa voix quand elle lui répondait, comme elle le fit une ou deux fois, brièvement, par des phrases aussi incolores que les siennes. Il l'entraîna tout naturellement vers une section plus calme de l'arcade, en s'efforçant de reconstruire les premiers moments de leur conversation, tout en continuant à babiller et briller. Il n'était pas tout à fait sûr qu'elle l'eût reconnu.

— Au bureau, dit-il.

Sa réponse n'avait aucun sens. Elle le parcourut soudain d'une illumination. Il se pencha vers elle, et raffermit son sourire, chaleureusement. Cela l'empêcherait de ciller. Il ne cillait qu'avec les sourires tendus, pour les accentuer.

— Au Stock Exchange, dit-il. Vous m'avez vu devant le bureau de Zeltner. Je sais, les gens qu'on n'a vus qu'une fois, c'est difficile à situer, je m'en rends bien compte. Y a-t-il le métro ? Je vais vous accompagner. Où habitez-vous ? A Queens, je parie. J'aime bien ce quartier, même si les gens disent Queens, quoi, où cela, mon Dieu. C'est métaphysique.

— D'habitude, je me fais raccompagner.

— Je crois comprendre qu'il règne une certaine insécurité dans l'allée du pouvoir de Zeltner. Vous êtes là-haut depuis combien de temps ? Venez plutôt à l'ombre. Queens est interminable. Ce quelque chose d'infini. C'est comme un labyrinthe sans les correspondances. Un labyrinthe neutre. J'ai une théorie sur les endroits où vivent les gens à New York.

Elle portait un chemisier blanc, une jupe plissée bleu marine et des chaussures blanches. Tout en parlant et en écoutant, il se remémora le numéro d'immatriculation de la Volkswagen, pour se mettre à l'épreuve. Cela complétait un ensemble mental. Ils marchèrent lentement jusqu'à l'angle où elle était montée en voiture la veille.

— C'est ici qu'on vient me chercher, normalement.

— Pas de problème si j'attends ?

— Non, je ne pense pas.

— Comment vous appelez-vous ?

— Rosemary Moore.

— Il faut que je fasse un saut là-haut, demain, après la fermeture. Je pourrais peut-être passer, si vous n'êtes pas trop occupée. Ça vous irait ? Un verre ou deux. Un verre sur le pouce, comme on dit. Tout petit. Un tout petit verre. Ils ne servent que de tout petits verres.

Cette fois, elle monta à l'arrière. Un homme et une femme occupaient les places avant, tous deux un peu plus âgés qu'elle, Rosemary Moore en bleu marine et blanc.

5

Pammy examinait les diverses utilisations de l'ennui. Dernièrement, elle s'était surprise à souvent professer de s'ennuyer. Elle savait que c'était un écran pour des sentiments plus profonds. Ne souhaitant pas exprimer une indignation conventionnelle, elle répétait constamment : "Quel ennui, que c'est ennuyeux, je m'ennuie." La pornographie l'ennuyait. Le sujet de la violence la faisait soupirer. Les choses de la rue, les choses tout simplement qu'elle voyait et entendait quotidiennement, la forçaient à se retrancher dans de subtiles évasions. Son corps se détendait automatiquement. Sentir cet affaissement se produire, c'était accomplir un nouveau détour fatigué.

Des gens lui parlaient dans le bus, des inconnus, d'une voix un peu détachée, un peu universelle, donnant parfois l'impression qu'ils communiquaient vers elle, depuis quelque lieu infini et secret.

L'avion la faisait bâiller. Elle bâillait dans les ascenseurs au World Trade Center. Souvent, elle bâillait dans les banques en faisant la queue devant le guichet. Les banques provoquaient en elle un sentiment de culpabilité. Les employés lui demandaient toujours de signer des formulaires, ou de resigner des formulaires portant déjà sa signature, ou de présenter une pièce d'identité supplémentaire. C'était son propre argent qu'elle voulait prendre, évidemment, mais il y avait toujours cette ébullition de nervosité et de culpabilité, il y avait toujours cette profonde anxiété à propos de son nom, de son écriture, il y avait toujours cette impression que le noyau de sa personnalité allait être révélé, et qu'elle se retrouverait alignée avec une vingtaine d'autres gens, retenue par une corde, bâillant avec dignité, suspecte.

Pammy entendit Lyle dans le couloir, dehors. Elle se pencha en avant et ferma la porte des toilettes. Il entra dans l'appartement, parcourut le couloir, s'arrêta devant la porte et l'ouvrit. Elle fit une grimace de singe et poussa des petits cris de panique aiguë, en sautillant sur le siège. Il referma la porte et alla dans la chambre.

Elle lui cria :

— Qu'est-ce que tu comptes m'offrir, pour la Saint-Valentin ?

— Une vasectomie, dit-il. On est en février ?

— Je voudrais bien.

— Pourquoi ?

— Nos vacances seraient terminées.

— Pourquoi ?

— Parce que je sais que nous n'allons pas en prendre.

— Prends-en, toi.

— Qu'est-ce que tu feras ?

— Je travaillerai, dit-il.

Elle sortit de la salle de bains. Il la suivit dans la cuisine en fermant un pantalon en velours ultraléger, le pelvis rentré pour éviter le pincement primal. Ils se bousculèrent devant le réfrigérateur ouvert.

— Chic, du cheddar.
— Qu'est-ce que c'est que ça ?
— Des crackers parfumés au brandy.
— Génial.
— Attention.
— Non, c'est toi qui me pousses.

Ils passèrent dans la salle de séjour, chacun avec quelque chose à manger et à boire. Lyle alluma le nouveau téléviseur, et ils regardèrent les informations. Pammy fut gênée pour quelqu'un qu'on interviewait, un homme affligé d'un léger défaut de prononciation. Elle se couvrit les oreilles de ses mains et détourna les yeux. Le climatiseur faisait beaucoup de bruit, et Lyle l'éteignit. Puis il alla regarder la télévision dans la chambre, et y resta un moment.

— Tu regardes ça ? cria-t-elle.
— Quoi, non.
— L'esthéticienne.
— Non.
— Mets-le, vite.
— Bon Dieu, miss Molly, un homme ne peut regarder qu'une seule chose à la fois.
— Passe vite sur la sept.
— Plus tard, je regarde un truc.
— Maintenant, dit-elle. Vite. Dépêche-toi. Vite, la sept, idiot.

Personnifié dans les objets se nichait un relatif sens de partage. Ils ne levaient pas les yeux de leurs téléviseurs respectifs. Mais les bruits les liaient, un cycliste prenant le départ, l'avion qui descendait en serpentant les huit mille mètres de son altitude transatlantique, faisant onduler les images sur leurs écrans. Les objets étaient de la mémoire inerte. Le bureau, le lit, et cetera. Les objets survivraient au premier qui mourrait, et rappelleraient à l'autre comme une vie peut aisément se couper en deux. La mort, peut-être, n'était pas tellement en cause que la séparation. Les sièges, les tables, les commodes, les enveloppes. Tout constituait une expérience commune, qui les liait malgré leurs déloyautés, le mécanisme oblique de leur plein accord. Car cet accord ne faisait aucun doute. L'infidélité et le désir. Il n'était pas nécessaire de les distinguer. Son corps à lui, le sien à elle. Sexe, amour, monotonie, mépris. Le sortilège dans lequel il fallait entrer se trouvait là-bas parmi les visages anonymes et les cubes uniformes d'existence. Cela, leur espace tendre et mercenaire, c'était l'enchantement de soi, le rêve presque partagé qu'ils avaient contenu pendant des années. Seules les absences étaient pleinement partagées.

— Quoi de neuf à Grief? appela-t-il. Je n'en entends plus parler, ces derniers temps.

— J'ai conclu un pacte secret avec Ethan. Grief n'existe plus en ce qui nous concerne.

— Tu as touché le fond au second trimestre. Tu es en plein début d'une mini-remontée. Tu parles aussi de diversification.

— Attends que je baisse le son.

— Quoi ?

— Peux pas t'entendre.

— Diversification.

— Est-ce que c'est, quoi, Dow Jones ou les autres types ?

— Attractions thématiques, dit-il. C'est tout à fait dans le cadre du programme, en attendant ce que diront les gars de la localisation de données.

— Je ne crois pas.

— Un ranch de rêve à Santa Maria County, dans l'Arizona. Des fantasmes de chagrin. Des gens qui s'habillent pour se lamenter.

— Eh, là, je sais que tu es idiot.

— *No tengo tiene.*

— Nous ne mangeons jamais de paella, dit-elle. Tu te rappelles cet endroit, c'était dans Charles Street, non ? Ou West Fourth ?

— Peut-être à l'angle, dit-il. Y a-t-il un angle à cet endroit-là ?

Son père l'avait toujours fait bâiller. Chaque fois qu'elle décrochait le téléphone pour l'appeler, elle sentait sa bouche se distendre de "fatigue", d'"ennui", ses mesures protectrices contre l'émotion poignante. Il vivait alors près de la pointe nord de Manhattan, en état de détresse mentale, préférant les gestes au langage. Quand elle allait le voir, il répondait à presque toutes les questions avec ses mains, indiquant que telle chose allait bien, telle autre pas trop mal, mais telle autre encore posait un problème. Il hochait la tête, souriait, lui montrait le contenu de divers cabas et boîtes à cigares. Au téléphone, il la suppliait de lui fournir des documents. Certificat de naissance, livret de caisse d'épargne, carte de Sécurité sociale, cartes d'adhésion, remboursements compensatoires, assurance sociale. Elle lui rappelait où chaque chose se trouvait, ayant appris à contenir son désespoir jusqu'à un niveau de patience tendue. Quelque temps avant sa mort, elle avait appris d'un de ses voisins qu'il s'arrêtait souvent aux coins de rues pour demander aux gens de l'aider à traverser, bien qu'il n'eût aucun handicap physique. Il tenait le bras de la personne jusqu'à l'autre trottoir, puis continuait lentement tout seul jusqu'au coin suivant, où il attendait quelqu'un d'autre. Elle regrettait de l'avoir su. Cela suggérait un échec de sa part, un défaut d'amour ou d'engagement. En composant son numéro, elle bâillait par pur réflexe. Quelle que fût la source de ce trouble mécanique, elle avait appris à l'accepter comme un des éléments de fluctuation dans le vaste monde de la souffrance des gens.

— Il y a du vert, dit-elle.

Lyle lisait, à côté du téléviseur qu'elle regardait. Elle était en face de l'écran et de Lyle en même temps. Le livre qu'il lisait était à elle, une histoire de la danse. Elle jetait un coup d'œil vers lui chaque fois qu'il tournait une page.

— Eh bien, règle le bouton.

— Couleur très criarde.

— Merci, quand on voit ce que ça m'a coûté.

— Couleur, c'est rueluoc.

— Il faut brancher l'antenne, dit-il. Il faut la brancher sur le toit.

— Toit, c'est tiot.

— Ils vont faire venir un type.

— Ça être vert. Ça être rose. Ça être o-range.

— Antenne collective, comme dans "antenne collective".

Pammy s'adossa plus commodément. Elle leva et plia les jambes, alternativement, comme pour des exercices d'assouplissement. Elle mit ses mains derrière sa tête, et accéléra son mouvement de jambes, en pédalant. Au bout d'un moment, elle se leva, ôta son jean, et fit quelques exercices d'assouplissement. Lyle avait un début d'érection. Elle se rassit pour regarder la télévision. Il faisait presque nuit. Le camion de Mister Softee était dans leur rue.

— Ouaf, ouaf.

— Pas la forme.

— Pas la forme du tout, dit-elle. Tu n'imaginerais pas ce qu'il y a à l'intérieur de ce corps. Quelle vieille petite bonne femme toute ratatinée. Il est en bas, tu l'entends ? Bang, paf, espèce de salaud. J'aimerais pouvoir appeler quelqu'un. Ecrase un chien, camion, et fais-toi abattre par son propriétaire, bang, boum.

— Tu as raison, plains-toi.

— Compatis, ou tu ne peux pas lire *mon* livre, que j'ai acheté.

— Je dis, plains-toi. Appelle le service d'entretien de Broadway. Ils t'apporteront une ampoule électrique mardi prochain.

Son attention fut soudain attirée par quelque chose, sur le sol, et elle se pencha pour ramasser une peluche de tissu.

— Regarde-moi, quand tu parles. Sors ton visage de mon livre, que j'ai acheté. Il nous faut du shampooing pour cette moquette, et aussi de la cire pour là-dedans, qui est ta responsabilité attitrée et qu'il faut que tu achètes.

— Tu oublieras. Tu sortiras acheter des fruits.

— Ta responsabilité, à toi.

— C'est tout ce que tu achèteras.

— Toi, tu achètes.

— Tu rentreras avec des tonnes de fruits et tu l'annonceras d'un air important, et puis tu les laveras en chantant des airs de lavage rituel et tu les rangeras dans la caisse du bas, où ils se ratatinent et pourrissent chaque fois.

— Ça s'appelle un compartiment, merde, dit-elle.

— C'est une caisse, pas un compartiment. C'est un tiroir à fruits.

— C'est un compartiment de merde, espèce de connard.

— Regarde la télé.

— Ils sont verts, regarde.

— Règle ce putain de bouton.

— Trev, dit-elle. Ils sont tous trev. Ces gens-là sont trev.

Ils bavardèrent et firent des bruits pendant encore un moment, puis se levèrent, marchèrent, s'étirèrent, mangèrent et burent un peu, et se heurtèrent l'un à l'autre, et gesticulèrent, suivant l'habituel désœuvrement de leurs soirées, en retrait des lignes de tension et du langage. Pammy regarda Lyle se réinstaller près du téléviseur. Sur l'écran, des gens assis autour d'une table parlaient des impôts. Quelque chose dans cette conversation l'embarrassait. Elle ne savait pas exactement quoi. Personne ne disait rien d'idiot ni n'avait de défaut de prononciation. Il n'y avait pas de publicité des services publics montrant des athlètes en train d'enseigner le basket à des enfants retardés. Il n'y avait pas de femme massacrant la grammaire pour parler de ses trois enfants brûlés vifs au journal télévisé. (Elle se demandait si elle n'était pas devenue trop complexe pour placer la mort avant la grammaire.) Ces gens parlaient d'impôts, d'une manière embarrassante. Que se passait-il dans ce petit carré de lumière qui pût lui faire éprouver une telle impression d'anxiété et de honte ? Elle se boucha les oreilles et regarda Lyle lire.

Le lendemain matin de bonne heure, il était avec Rosemary Moore dans un endroit avec de fausses poutres apparentes, *Oscar's Lounge*, et une sorte de blason au-dessus du comptoir, attablés dans un coin sombre, à observer solennellement les autres clients. Un serveur entrait et sortait sans relâche par la porte battante qui menait à la cuisine, parlant rageusement lorsqu'il émergeait, et commençant déjà à gronder avant d'y rentrer. Ils écoutèrent un moment ses récriminations contre le chef invisible.

— C'est le genre d'endroit, dit Lyle, où le ketchup sort de la bouteille sans qu'on ait besoin de taper le fond. Ne me demandez pas ce que cela signifie, mais c'est vrai. J'aime l'étrange similitude de ce genre d'endroit. C'est métaphysique.

— Ce qu'on m'a servi est beaucoup trop fort.

— Je vais le faire changer.

— Non, ça va.

— Pas de problème, je vais lui demander de le changer.

— Non, ça va.

— Ça va, Lyle, corrigea-t-il. Nous passons aux prénoms, aujourd'hui.

Tout ce qu'il disait et faisait semblait lui aller. Ça allait de venir prendre un verre pourvu qu'elle ne reste pas trop longtemps. Ça allait de marcher jusqu'ici. L'endroit même lui allait. Ça allait de s'asseoir au bar ou bien ici. Il y eut une nouvelle accalmie tandis qu'ils regardaient les autres clients. Tout le monde semblait mieux s'amuser qu'eux. Il était difficile de dire si Rosemary était mal à l'aise. Il existait des nuances d'inexpression allant de la bienveillance à la sérénité ; la sienne était proche de la moyenne, dénuée de caractère distinctif, totalement.

— Et vous travaillez depuis longtemps dans la société ?

— A peu près trois semaines, maintenant.

— Et avant, quoi ?

— J'avais un boulot où j'étais toute la journée au téléphone avec des acheteurs. C'était dingue. Puis j'ai été hôtesse, au début ça allait, plein d'endroits à voir. Puis une amie m'a trouvé une place dans un bureau d'expéditions. Ce n'était pas mal, mais j'ai eu une mononucléose. Ensuite, j'ai fait de l'intérim pendant un moment. Et puis j'ai eu ça.

— Espérons que vous resterez.

— Je vais voir.

— Fumez-vous, Rosemary ? Vous voyez, je vous appelle par votre prénom. Il ne faut pas oublier.

— Il y a des gens qui ne peuvent plus jamais s'arrêter. Moi, je fume pendant quelques jours, et puis je m'arrête. La dépendance, c'est une question de personnalité. Je ne sais pas, mais, moi, je peux m'arrêter.

— Où habitez-vous ?

— Queens.

— Evidemment.

— Vous devriez voir les loyers, quelle différence.

— Mes pouvoirs se renforcent avec l'âge.

— Mais il faut arriver là, dit-elle.

— Et quand vous étiez hôtesse ? Vous y étiez en plein. Vous habitiez un gratte-ciel avec quatre cents autres filles à l'uniforme impeccable. Toujours près du téléphone. Désolée, mon chou, je suis en stand-by. Air-puces pour Porto-Rico.

— J'ai de la chance d'avoir des amis avec une voiture, dit-elle. Sauf les embouteillages.

— Faut pas compter sur les Porto-Ricains pour s'asseoir là comme des gens civilisés. Le cha-cha-cha, passe encore, mais quand ils commencent avec les bananes vertes, alors là, la direction de l'Aviation civile devrait faire quelque chose, il y a des peaux de banane qui débordent des compartiments à bagages, sans parler des trucs dans les sièges, dans ce tissu fripé. Tu sais, ce tissu froissé ?

Il attira l'attention du serveur et lui fit un signe. L'homme apporta deux nouveaux verres pleins. Lyle sentit une étrange désolation l'envelopper. Ils gardèrent le silence pendant un moment. Il regarda un homme, au bar, mettre un glaçon à moitié fondu dans sa bouche.

— C'est mon dernier, dit Rosemary.

— Si c'est trop fort, je lui dirai de le remporter.

— Oh, je ne pense pas que ce soit la peine.

— Cigarette ?

— Je viens de finir, mais d'accord.

— Comment avez-vous trouvé ce travail, celui-ci, si je peux me permettre ?

— Par le frère d'une fille que je connaissais.
— Elle était déjà dans la société, j'imagine, ou bien lui.
— Il était à l'Exchange, mais pas pour la même société.
— Peut-être que je le connais.
— Je ne sais pas, dit-elle.
— Comment s'appelle-t-il ?
— George Sedbauer.
— Vous me voyez marquer un temps d'arrêt, dit-il. C'est le type qui s'est fait descendre.
— Je sais.
— Sa sœur était une amie à vous, et vous avez connu George à travers elle, et puis il vous a plus ou moins recommandée, il a donné votre nom à quelqu'un.
— Il m'a dit qui je devais voir et tout.
— Le connaissiez-vous bien ? Je ne le connaissais pas du tout mais un de mes amis le connaissait, et nous en avons parlé après le crime, Frank McKechnie, ici même, dans ce bar.
— Je l'ai rencontré à un genre de soirée. On nous a présentés. Sa sœur Janet. Il était très gentil. Il me faisait rire.
— Combien de temps y a-t-il de cela ?
— Deux ans ? Je ne sais pas.
— Mais vous avez eu le temps de le connaître plus amplement.
— J'aimais beaucoup son humour macabre, dit-elle. George pouvait être extrêmement macabre.

Il envia brièvement George Sedbauer, mort ou pas. Il enviait toujours les hommes qui avaient fait quelque chose capable d'impressionner une femme. Il n'aimait guère entendre les femmes mentionner favorablement un autre homme, même s'il ne le connaissait pas, ou s'il était défiguré, parti en Amazonie, ou mort. Elle détourna la tête pour exhaler la fumée. Le serveur sortit de la cuisine tout en parlant.

— Si nous mangions quelque chose ? J'aimerais en savoir plus. Nous pourrions aller dans un endroit convenable. Je me disais juste que cet endroit serait pratique, sans les hordes à l'heure sacrée des cocktails.

— Je ne peux pas rester.

— Encore un verre, alors.

— Celui-ci est encore plein.

— J'aimerais en savoir plus, vraiment.

— Sur quoi ?

— Sur vous, je suppose. Je trouve cela intéressant, que vous ayez connu Sedbauer. J'étais à quelques mètres de lui, quand je suppose qu'il est mort. C'est George qui avait fait entrer le type qui l'a tué, ce jour-là. Le saviez-vous ?

— Oui.

— Je trouve cela intéressant. Je me demande ce qui s'est passé entre eux. George avait des ennuis avec le conseil, figurez-vous. Le saviez-vous ? Le conseil de surveillance du Stock Exchange. Apparemment, George était un peu ambigu. Pas vraiment le type banal et réglo. Je me demande ce qu'il faisait avec ce type porteur d'un badge et armé d'un pistolet. Nous ne posons pas de questions, ces jours-ci. Tout est tellement organisé. Même le bruit est organisé. J'aimerais poser quelques questions, demander ce que c'est que ci, et ça, où nous en sommes, à qui est la vie que je mène, et pourquoi. C'était un pistolet à blanc, adapté. Le saviez-vous ?

— Oui.

— "Oui, dit-elle. Vous êtes bien informée, s'exclama-t-il. Où est l'addition, demandèrent-ils."

A ces mots, elle ébaucha un sourire. Un progrès, songea-t-il. Ce n'était peut-être pas macabre, mais ça vous avait un petit quelque chose de particulier.

6

Pammy rédigeait un prospectus de Vente Par Correspondance sur les questions du chagrin et de la mort. Il s'agissait d'inciter les gens à commander une brochure de Grief Management intitulée *C'Est Terminé Pour Lui Le Jour Où Il Meurt – Mais Vous Devez Affronter Le Lendemain*. La brochure parlait de la mort, définissait l'étude désignée comme Gestion du Deuil, et offrait un résumé détaillé des programmes de la société ("Permettez À Des Professionnels De Vous Aider à Faire Face"), ainsi que la liste des succursales. Elle coûtait un dollar.

Pammy avait rédigé la brochure plusieurs mois auparavant. Dans un de ses moments de feinte grandeur, Ethan l'avait qualifiée de "classique d'impartialité et de tact". Il y en avait d'autres au bureau qui la jugeaient trop "terre à terre", comme un encart de quatre pages pour des pièces détachées de radio dans une revue professionnelle.

— La mort est une expérience religieuse, avait déclaré Ethan. Mais c'est également terre à terre. Quelque chose ne marche pas, et on meurt. C'est une conséquence vérifiable.

Dans un contexte où chaque phrase peut prendre une signification horriblement comique, elle considérait qu'elle avait bien réussi. Son boulot, dans l'ensemble, était une vaste plaisanterie, de même que l'environnement dans lequel elle l'effectuait. Mais elle était fière de cette brochure. Elle avait maintenu un ton raisonnable, en énonçant un fait dans presque chaque phrase. Elle ne les avait pas laissés imprimer sur couleur. S'il y avait des gens désireux de commercialiser l'angoisse et la mort, et d'autres désireux de faire gérer leur douleur par autrui, au moins fallait-il que tous procèdent avec un peu de goût et de discrétion.

— Dis-le, dis-le.

— Maine.

— Encore, dit-il. Je t'en prie, maintenant, vite, mon Dieu, pitié.

— Maine, répéta-t-elle. Maine.

Il régnait une certaine effervescence à la corbeille. Lyle quitta le poste 5 et s'arrêta au téléscripteur Bell. Un jeune grouillot passa, avec des cheveux blonds qui lui tombaient aux épaules. Lyle appuya sur la touche E, puis GM. Bon à présenter à Ethan. Un papier voleta un moment par terre avant de s'immobiliser. Il se fit un second niveau de bruit, très bref, une acclamation de club-house. Il recula d'un pas pour voir la galerie des visiteurs. Jolie femme debout derrière la vitre pare-balles. Il consulta la sortie imprimée en regagnant son poste. Cours moyen du jour. Des chiffres cliquetèrent sur le tableau d'affichage. Mange. Mange. Chie, mange, chie. Fais-la-nous manger en décimales. Agresse, empoisonne, décrète. Mange, mange, mange.

V. R. GM – 12. 33 2524
106. 400
10. 10 69
12. 30 70
10. 12 68 1/2
12. 33 + 70 + 1 1/2

Il se dirigea vers la section des fumeurs, où il vit Frank McKechnie en bordure d'un groupe bruyant, qui mordillait des petites peaux sur son pouce. Lyle isola deux membres du groupe et commença à imiter un numéro d'un disque comique qu'il avait acheté récemment. C'était quelque chose qu'il avait le sentiment de réussir tout particulièrement. Cela convenait à son attitude réservée, à cette manière neutre de contrôler un public. Il savait déchiffrer leur plaisir de le voir imperturbable, leur plaisir devant l'incongruité de l'humour en circuit fermé. Ils commencèrent à se pencher. Ils s'efforçaient de lire sur ses lèvres. Lorsqu'un troisième membre du groupe se rapprocha, attiré par les rires, Lyle s'interrompit brusquement pour rejoindre McKechnie, qui avait les yeux perdus dans la fumée s'élevant au-dessus du groupe.

— Alors, où sommes-nous ?

— Qui sait ?

— Nous sommes à l'intérieur, affirma Lyle.

— Voilà qui est sûr.

— C'est évident.

— C'est évident parce que si nous étions à l'extérieur, les voitures me grimperaient sur le dos.

— Le monde extérieur.

— C'est cela, renchérit McKechnie. Des choses qui arrivent, et l'on reste impuissant. Tout ce qu'on peut faire, c'est attendre pour voir l'ampleur du mal.

Lyle ne savait pas trop de quoi ils parlaient. Il avait souvent ce genre de dialogue avec McKechnie. Il observait toujours son ami très attentivement. McKechnie semblait prendre cela très au sérieux. Il donnait l'impression de savoir de quoi ils parlaient.

— Je voudrais que tu me parles du type qui a abattu Sedbauer.

— Toute une page dans le journal d'aujourd'hui.

— Le visiteur de Sedbauer.

McKechnie fit un geste du pouce et de l'index, indiquant un gros titre.

— Le Mystère du Meurtre du Stock Exchange Avance Lentement.

— Jusque-là, voilà qui me plaît assez.

— Le tueur, d'origine obscure, doum doum, doum, portait sur lui, fais bien attention, une bombe, doum doum. On soupçonne un réseau terroriste. La confusion règne quant à son identité. On cherche des liens, doumdidoum. Le type refuse de parler, de voir un avocat, ou de quitter sa cellule.

— Quand avait-il une bombe sur lui ?

— Quand on l'a pris. Après le meurtre de George. Il se tenait exactement là. Un paquet explosif miniature. Je cite.

— Charmant.

— Que sommes-nous, Lyle, comme tu l'as toi-même si joliment dit ?

— Nous sommes à l'intérieur.

— Où souhaitons-nous être ?

— A l'intérieur.

— Les deux réponses sont bonnes.

— Je les avais préparées.

— Attends de voir l'ampleur du mal, reprit McKechnie. C'est tout ce que tu peux faire. Je me prépare à ériger des barricades. Il y a un sérieux problème de santé dans la famille. J'ai un frère qui entasse les dettes de jeu et qui me téléphone à minuit en chuchotant avec des petits sanglots. Bookmakers, requins-prêteurs, menaces. Très instructif. Les intérêts montent d'heure en heure. Et puis j'ai mon aîné, qui a un problème auditif pour commencer, et qu'on trouve tout à coup assis par terre dans sa chambre, à regarder fixement le mur. Deux fois la semaine dernière. Il a du mal à remuer les bras. Refuse de parler. Il est trop jeune pour se droguer. Ce n'est pas la drogue. Nous l'avons montré au médecin. On lui a fait des examens au scanner, comme cela se fait maintenant. Rien d'apparent. Alors nous envisageons le psy pour enfants. Est-ce que tu as déjà eu l'impression d'être pris dans un étau ? Je me demande toute la journée ce qui a bien pu se passer.

— Essayons de déjeuner ensemble la semaine prochaine.

McKechnie réduisit son mégot en une miette de tabac et une miette de papier, et les laissa tomber par terre. Puis il sauta d'environ trente centimètres en l'air, pour atterrir sur les deux miettes.

— Qu'en dis-tu ?

— Très avancé, apprécia Lyle.

— Je faisais mieux, autrefois. Tu aurais dû me voir.

— C'est une chose que tu ne pourrais pas faire dans le monde extérieur. Les gens te montreraient du doigt en faisant ya ya.

— Et si nous allions déjeuner maintenant, tout simplement ? Il n'y a qu'à monter.

— Je ne déjeune plus là-haut.

— Pourquoi ?

— Je ne sais pas, Frank.

— Il doit bien exister une raison.

— Sans doute.

— Et tu ne la connais pas.

— Je ne suis plus monté là-haut depuis un moment, c'est tout.

— Ecoute, Lyle, je ne suis pas précisément le défenseur des coutumes sociales trop collet monté. Je n'ai pas de carafes pleines de sherry sur une table roulante pour servir à mes invités quand ils garent leur Bentley devant la porte. Mais il n'y a rien de mal à déjeuner à l'Exchange. C'est à peu près civilisé, et c'est déjà quelque chose.

— C'est à l'intérieur.

— C'est à l'intérieur, d'accord. Mais c'est pratique, c'est rapide, c'est bon, c'est agréable, et c'est à peu près poli, bordel, le détail n'est pas négligeable, de nos jours. Alors cesse de faire l'imbécile. Tu parles comme un con.

— Toi pas casser les pieds, Frank.

Pammy dîna avec Ethan et Jack. Ils allèrent dans un bistrot de SoHo. Elle était enchantée. Sortir dîner. Quelque part dans sa conscience naissante, s'allumaient des éclairs d'anticipation chaque fois qu'Ethan et Jack entraient dans une pièce, ou qu'en décrochant le téléphone elle entendait la voix de l'un ou de l'autre. La plupart des gens qu'elle voyait avaient une présence démoralisante. Elle était toujours impatiente de se retrouver avec eux. Si jamais Ethan quittait son boulot, elle sombrerait dans la stupeur et le mutisme.

Le restaurant était plein de plantes suspendues. Une jeune femme arriva avec le vin, et les avertit que leur commande serait en retard.

— Il y a un incendie au sous-sol en ce moment. Le personnel de cuisine discute pour savoir s'ils veulent pisser dessus ou non. J'ai refusé de participer, à moins qu'ils n'installent une balançoire, je leur ai dit. La distance, ce n'est pas mon truc. Voilà Peter Hearn le conceptualiste et son chien Alfalfa. Je ne peux jamais déboucher une bouteille sans me claquer quelque chose aux pires endroits, à moins qu'on ne considère le sexe comme une chose sans importance. Avez-vous déjà vu comment ils débouchent les bouteilles, avec les genoux ? Je suis navrée, mais je refuse de le faire. C'est dégradant. Je fais une petite flexion, ce qui est déjà affreux. Mais plus que cela, pas question, il faudra aller ailleurs.

Ils se mirent à boire. La fumée commença à s'infiltrer dans la salle, mais personne ne partit. Aucun plat n'était servi. Tout le monde se sentait obligé de lancer des plaisanteries et de boire un peu plus vite que d'habitude. On ne pouvait pas laisser évoluer une situation pareille sans que fusent des exclamations comiques et un peu d'hystérie sophistiquée. La bouche d'Ethan s'étira peu à peu en un sourire secret. A l'autre extrémité de la salle, une femme toussa et agita un mouchoir. Jack porta la bouteille vide à la serveuse, qui en rapporta bientôt une nouvelle. Jack l'ouvrit lui-même. Pammy se demandait si elle avait le visage empourpré. Le vin lui faisait cet effet-là. L'homme qui accompagnait la femme qui avait toussé commanda une nouvelle tournée. Un autre homme émergea du sous-sol, et commença à sortir les plantes sur le trottoir. Une aiguille de cinq centimètres, signe distinctif d'une quelconque secte, était enchâssée dans la chair de sa lèvre inférieure, pointée vers le bas à un angle d'environ quarante-cinq degrés. Jack frappa la table et détourna les yeux, en s'efforçant de retenir un fou rire. L'homme déposa les plantes sur le trottoir et revint en chercher d'autres. Jack recracha un peu de vin. La salle s'emplissait de fumée. Il y eut du bruit dans la rue, puis de larges faisceaux de lumière tournoyante. Une dizaine de pompiers entrèrent. Pammy se mit à rire en mâchonnant l'air, le visage rayonnant, d'une santé transcendantale dans cette lueur rosée. Les pompiers allaient et venaient lourdement, en se heurtant les uns aux autres. Ils étaient hors de proportion, avec leurs casques et leurs bottes, et ils levaient les pieds comme des skieurs. Pammy ne pouvait plus s'arrêter de rire. Les pompiers firent le vide, peu à peu. Tout le monde toussait, avec des verres et des bouteilles plein les mains. Ils sortirent en masse, déçus qu'il n'y eût pas d'applaudissements.

Il faisait nuit. Il y avait deux cents personnes dans la rue. Jack grimpa sur l'étroit marchepied, à l'arrière d'un des camions de pompiers. Il se balança en se retenant à la barre verticale. La gaieté qu'ils avaient apportée dans la rue se dissipa en quelques minutes. Ethan et Pam se mirent en route, mais Jack ne voulait pas descendre du camion. Il hurlait des ordres et imitait le bruit strident de la sirène. Personne ne lui prêtait la moindre attention.

L'homme qui avait une aiguille dans la lèvre sortit avec les dernières plantes. Les pompiers tournèrent au coin de la rue en traînant un tuyau d'arrosage. Ethan dévisageait Jack, une distance raisonnée dans le regard.

— Je me demande ce qu'il est advenu de la pluie promise, dit Pammy.

Jack finit par les rejoindre. Ils bifurquèrent au sud, vers Canal Street et la possibilité de trouver un taxi. Devant les bâtisses en fonte étaient dressés de grands cylindres en carton, pleins de rebut industriel des ateliers de fabrication. Jack chargea l'un de ces cylindres, l'épaule la première, et le renversa. Ethan et Pammy le suivaient calmement, tandis qu'il caracolait d'un trottoir à l'autre, pour attaquer les containers. Juste après l'angle de Grand Street, il sauta par-dessus une poubelle renversée et obliqua avec précision, l'avant-bras en bouclier, pour se lancer sur une poubelle métallique. Pammy observa qu'Ethan n'avait pas modifié son allure, et qu'il lui fallait presque courir pour le rattraper. Jack était assis dans le caniveau, et se tenait le genou à deux mains. La poubelle était sur le flanc, roulant mollement d'avant en arrière, avec la majeure partie de son contenu encore à l'intérieur, ce qui donnait une indication sur son poids. Pour Pammy, c'était assez logique. Il lui avait toujours paru avoir des réserves d'énergie inutilisée. Un renverseur de poubelles. Elle le regarda se relever, le geste désordonné. Bien qu'on n'aperçût pas le moindre taxi, Ethan descendit du trottoir dans la maigre circulation, en brandissant le bras.

— Cela le prend souvent ?

— Le mardi et le jeudi, répondit Ethan. Le reste de la semaine, il parle en langues étrangères.

Lyle gardait parfois des bordereaux jaunes de téléscripteur pendant plusieurs jours. Dans les chiffres et les symboles des titres, il voyait une réduction artistique du monde extérieur en sortie imprimée, le modèle d'exactitude codé de la machine. Il suffisait d'une seconde d'examen, d'un coup d'œil pour lui rendre une impression de réalité détachée de la résonance de ses propres sensations. L'agression disparaissait à force de raffinement, l'instinct de posséder. Il voyait des fractions, des virgules décimales, des signes plus et moins. Nulle part n'apparaissait l'image des mécanismes compétitifs du monde, des dents graisseuses s'engageant sur le pourtour d'une roue. Le papier contenait des impulsions nerveuses : un chiffre synaptique, un phonème, un point immatériel. Il savait que les gens voulaient voir leur propre crachat coulant de l'œuvre d'art ajourée. Sur le bordereau qu'il tenait à la main n'apparaissait aucune indication des vies définies par les objets qui les entouraient, morbides niveaux d'immortalité. Il ne voyait que des chiffres imprimés à l'encre. C'était une possession de plein droit, mise à l'écart, sa part personnelle (naguère disparue) du corps animal qui soufflait dans la nuit.

Quand Pammy rentra à la maison, il n'était pas là. C'était décevant. Dernièrement, elle avait observé que la matière nourricière de leur vie sexuelle était souvent fournie par les autres, quels qu'ils fussent, à une soirée ou une quelconque réunion. Elle se demandait si elle n'était pas devenue trop complexe pour se soucier de savoir si les autres étaient homo ou hétérosexuels. Ce serait bien, vraiment bien, s'il rentrait maintenant. Quand elle se rendit compte de l'heure qu'il était déjà, la colère l'envahit. Et elle se mit à faire ce qu'elle faisait toujours quand elle était furieuse contre Lyle. Elle entreprit de faire le ménage. Elle commença par passer la serpillière dans la cuisine, puis dans la salle de bains. Elle balaya la salle de séjour et, quand le sol de la cuisine fut sec, elle fit rapidement la vaisselle. C'était un cycle compliqué d'expiation et de vertu, un retour à l'autodiscipline. Quand les choses allaient mal entre eux, elle y voyait un présage, et s'imaginait seule dans un appartement admirablement tenu, d'une sorte de blancheur, avec un sentiment d'indépendance farouche bien visible dans toute cette organisation. Au milieu de la nuit, évidemment trop tard pour passer l'aspirateur, elle prit une douche, se mit en pyjama, et choisit un livre pour lire au lit, avec le sentiment d'être en paix avec elle-même.

Lyle rentra.

— Tu as le visage congestionné, dit-il.

— Tu vas recevoir des coups.

— Qu'est-ce que tu fabriques debout à cette heure-ci ? Tu es encore debout. Il est incroyablement tard. Je n'ai jamais vu une heure pareille. Il est vraiment tard, dehors. Tu devrais voir ça. Va regarder à la fenêtre. Non, n'y va pas. Ce n'est pas la façon d'apprendre. Reste où tu es.

— Il a envie de parler.

— J'étais dans le centre. J'ai erré là-bas jusqu'à maintenant. *Comment était-ce, demanda-t-elle*. Eh bien, pour commencer, il faisait assez froid, en fin de compte, un vent fluvial, et personne alentour, rien, un ivrogne ou deux au début mais ensuite, plus rien, une voiture, une autre, encore une, qui cherchaient le tunnel. Le quartier financier, vu de l'extérieur, est comme la fin du temps organisé – vu de l'extérieur, attention. C'est-à-dire que, la nuit, on dirait que quelqu'un a oublié quelque chose. Ils sont partis. Le mystère, justement, de pourquoi tout le monde a quitté ces magnifiques pueblos.

— Et vu de l'intérieur ?

— Des choses se passent. Des petits bonshommes avec du fard à paupières.

— Fascinant, ces perceptions qu'il nous dévoile.

— Qu'y a-t-il, Rougeaude ? Contrariée par mon manque de considération ? J'ai appelé. Tu n'étais pas là.

— Nous devrions sortir davantage.

— Il n'y a rien, dehors. Voilà où je voulais en venir. Tout le monde est parti. Tu peux entendre des portes claquer au vent. Les savants sont mystifiés.

7

Lyle cultivait la maîtrise de soi. En corollaire de cette extrême présence d'esprit, il construisait un espace entre lui-même et la plupart des gens avec qui il allait être en relation au cours des événements quotidiens. Il avait conscience de son passage étudié dans les couloirs des bureaux de sa société. Il parodiait gaiement ses propres manières, pivotant vers un visage et émettant un regard anémique qui se figeait un peu au-delà. Il éprouvait une vive satisfaction, à la corbeille, par exemple, pendant un moment d'accalmie, ou bien après le travail, dans un bar du quartier, à observer comme certains exhibaient subtilement leur relative intimité avec lui, tandis que d'autres, flairant sa distance ou la connaissant bien, s'empressaient de maintenir les distances rituelles.

Du haut de son mètre quatre-vingt-treize, le serveur baissa la tête d'un cran pour prendre leur commande.

— Je veux quelque chose d'extra-terrestre, déclara Lyle. Qu'est-ce qu'un zombi ? Apportez-m'en un.

Rosemary Moore prit un scotch à l'eau. Son patron, Larry Zeltner, commanda un gin-tonic pour lui-même et pour deux jeunes femmes, que Lyle connaissait uniquement comme Jackie et Gail. Il les avait rencontrés dans l'ascenseur au moment où il quittait le bureau avec Rosemary. Zeltner suggéra d'aller prendre un verre tous ensemble. Lyle accepta aussitôt, en s'efforçant de donner à entendre que Rosemary et lui-même étaient par hasard entrés ensemble dans l'ascenseur, de même que les autres.

— C'est ce que je disais ce matin, proclama Zeltner. C'est ce que je dis toujours : Qui va le faire ? Trouvez quelqu'un pour le faire, et je suis avec vous. Sinon, bonsoir. Et puis il y a la situation, où nous plaçons-nous, qui équilibre les comptes, où resserre-t-on les indicateurs ?

Lyle mit un point d'honneur à s'entretenir avec Jackie, qui n'avait aucun charme. Il ne savait pas pourquoi il prenait cette précaution ni ce que cela signifiait exactement. Mais cela semblait plus sûr. Il vida son verre avant que les autres aient seulement bu la moitié des leurs. Jackie semblait l'observer tout en parlant, pour mesurer son degré d'attention ou se demander pourquoi ses réponses s'étaient réduites à de simples hochements de tête, trois toutes les dix secondes. Rosemary annonça qu'elle devait s'en aller. Il vida son visage de toute indication. Zeltner lui dit de ne pas se préoccuper de l'addition, c'était lui qui invitait, et cetera. Lyle la regarda franchir la porte. Elle n'avait pas le moins du monde laissé entendre aux autres qu'elle eût jamais échangé un seul mot avec lui avant ce soir. Il se demandait si c'était intentionnel, ou si cela faisait partie d'un code social qui régentait toutes ses relations avec autrui.

— Zut et flûte, s'exclama-t-il. Mon train ! Il faut que j'aille au bout du monde pour voir la femme d'un de mes amis qui a plein de problèmes. Seigneur, les hôpitaux, j'ai horreur de ça. Le gosse est perturbé. La femme a peut-être un truc sérieux. Je lui ai dit que j'irais ce soir. Larry, on déjeune sans faute, le plus tôt possible.

Il sourit aux deux femmes, laissa de l'argent et sortit en hâte, en essayant de se détacher du minuscule désastre de ce discours. C'était l'heure de pointe dans les rues. Il courut presque, jusqu'au coin où la Volkswagen passait habituellement la prendre. Il avait le corps empli d'activité chimique, de courants d'excitation désespérée. Elle était toujours là, à attendre. Une fois de plus, il se représenta le mouvement de ses propres lèvres tandis qu'il parlait par un trou dans l'air. Rosemary mit ses lunettes de soleil.

Ils étaient dans un taxi remontant au nord. Stratégiquement, il avait choisi un bar aux alentours du Queensboro Bridge. Cela semblait être la manière d'agir avec elle. C'était le genre de femme dont l'absence même de réaction suscitait en lui un besoin de faire appel à une tactique discréditée. Le chauffeur s'appelait Wolodymyr Koltowski. Lyle s'efforça d'ignorer son numéro de matricule. Il transpirait abondamment. Le long de l'East River, la circulation était singulièrement délirante, un flot ondulant d'énervement et d'abattement suicidaire. Lyle se sentait fautif, comme toujours dans un taxi, avec une femme, quand la circulation avançait trop lentement ou à cette allure exaspérante. Il se souvint qu'il avait oublié de coller des timbres sur quelques enveloppes la veille au soir.

L'endroit était bondé. Il ne restait pas une table libre, et ils ne pouvaient pas approcher du comptoir. Lyle ne connaissait pas bien ce quartier. Il ne savait pas ce qu'il y avait dans les parages. Cet espace inachevé était resté là toute la journée, telle une conscience négative. Il tendit le bras pour prendre les deux verres, et se fraya un chemin jusqu'à elle. Elle était près de la porte, les chevilles croisées. Il avait eu l'intention de timbrer les enveloppes. Il y avait des factures à l'intérieur. Il avait rédigé les chèques, et eu la réelle volonté de les poster. Payer une facture, c'était exclure le monde. Le plaisir ici était tourné vers l'intérieur, une accumulation de soi. Coller les timbres sur les enveloppes, c'était le point décisif. Les timbres étaient des emblèmes d'authentification. Elle avait les mains croisées devant elle, avec son sac qui lui pendait au poignet. Wolodymyr Koltowski. Boucle-la, s'enjoignit-il. La foule continuait à s'épaissir autour du comptoir, les refoulant de plus en plus. Rosemary ne semblait pas en être contrariée.

C'était un défi à quelque chose de plus profond que la virilité. Etre reconnu par cette femme, accepté comme une présence distincte et bienvenue dans son obscur champ de vision, tel était l'objectif vers lequel tendaient désormais ses passions.

Ils franchirent le pont et s'engagèrent dans Queens Boulevard. Ils sortirent du taxi et parcoururent une centaine de mètres à pied, vers le nord. Il faisait encore un peu jour. Elle habitait au rez-de-chaussée d'une maison serrée dans un alignement de constructions toutes semblables, avec une marquise en tôle ondulée à l'extérieur, et des sièges de jardin en sangle de nylon empilés dans l'entrée.

Il y avait trois petites pièces et une grande cuisine. Avant d'avoir pénétré dans la cuisine, il ne vit rien qu'il pût identifier avec Rosemary en tant qu'occupante des lieux – Rosemary Moore, par opposition à quelqu'un qu'il n'eût jamais vu, à qui jamais il n'eût parlé, qu'il n'eût jamais désiré toucher, une autre femme, ou un homme habillé en femme, qui l'aurait arraché d'un couloir sombre pour l'entraîner dans cette petite poche d'espace carré, ces nuances de beige et de gris. Il n'éprouvait aucune impression d'histoire individuelle, de narration dans les choses, d'habitudes intactes dans des possessions personnelles.

Dans la cuisine, il se planta devant un grand panneau en liège, sur lequel étaient épinglés des billets de spectacles, des menus, des pochettes d'allumettes, des photos de Rosemary avec diverses personnes. Apparemment, les échos de son absorption en elle-même convergeaient ici. Sur une photo, elle était assise entre deux hommes sur un canapé. Il n'y avait personne d'autre sur la photo, mais Lyle soupçonnait que d'autres personnes (en plus du photographe) avaient dû se trouver dans la pièce. Le regard oblique d'un des hommes et le rictus un peu gêné de l'autre semblaient impliquer la présence d'une assistance. L'homme à l'air gêné était George Sedbauer, trapu, avec un début de calvitie. Lyle avait vu des photos de presse de lui, après le meurtre. Il l'avait également vu mort, bien sûr, mais il n'aurait pas été capable d'identifier Sedbauer, après l'avoir aperçu étendu par terre. Rosemary lui tendit un verre plein. Elle n'avait mis que deux glaçons dedans. Ce ne serait pas assez glacé. Il avait envie d'une boisson glacée. Il s'aperçut qu'il avait oublié, chose incroyable, ce qu'il voulait lui demander. Il lui fallut procéder à reculons.

— C'est George, là, non ?

— Oui.

— Qui est l'autre, avec lui ?

— Au milieu, c'est moi. Et là, c'est un dénommé Vilas ou Vilar. Je crois que c'était un week-end. Nous sommes allés à Lake Placid. C'était censément pour faire du ski. C'est le hall de là où nous étions. Ou bien la chambre. Je crois que c'était la chambre de quelqu'un.

— Qui est-ce, ce dénommé Vilar ?

— C'est le type qui a abattu George.

— Intéressant, observa-t-il.

— Il y avait des moments où il était toujours là. Et puis on ne le voyait plus pendant de longues périodes.

— "Je trouve cela fort intéressant, déclara le jeune homme tout ébaubi."

— George ne skiait pas. C'était comme cela. Quand nous sommes arrivés tout là-haut, George s'est mis à détester la neige.

Quand elle n'était pas sûre d'une chose, elle fermait à demi les yeux et fixait son regard au loin. Elle avait des gestes lents. Son visage trahissait le plus pur abandon quand elle se retourna et vit qu'il la dévisageait. Il savait bien qu'il fallait absolument qu'il lui parle d'elle. Elle était grande, le teint plus pâle que clair, et marchait avec une sorte de raideur sombre.

Se trouver seul avec elle, c'était occuper le centre immédiat des choses. Il n'y avait pas de degrés dans ce type de désir. Tout était centré sur l'image qu'elle avait d'elle-même. Il allait être essentiel de converser un peu. Il trouverait bien son chemin vers elle, au fil de cette mise au courant.

— Ce verre aurait bien besoin d'au moins onze glaçons de plus.

— Je ne crois pas que vous puissiez rester trop longtemps.

— Asseyons-nous dans la salle de séjour. Je suis un fan des salles de séjour. Un vrai maniaque. Je suis comme ça. Sans salle de séjour autour de moi, je suis un homme mort, pratiquement.

Le plaisir sensuel de la banalité était un sujet qui méritait l'enquête la plus fouillée. Il s'attarda dans la cuisine pour la regarder passer dans la pièce à côté. Il prit place en face d'elle, à trois mètres, sachant qu'elle allait croiser les jambes. Il y avait des cigarettes et de l'alcool, absolues nécessités quand il était avec elle. Il s'efforçait de limiter ses remarques à des extensions contrôlées de stéréotypes prévisibles. Il avançait vers un état pur, une sorte de science embryonnaire du désir, qu'on eût peut-être pu définir comme un hypnotisme réciproque. Lorsqu'elle parlait, il concentrait tous ses efforts pour créer une expression qui rendît à Rosemary non seulement le sens de ce qu'elle avait dit, mais aussi celui de la personne qui parlait, Rosemary Moore en robe bain de soleil. Il s'approcha du canapé, et s'y installa à côté d'elle. Ensemble, ils allaient fabriquer le fer rouge à marquer le caractère.

— Quand je volais, dit-elle, je dormais toujours trop ou trop peu. Il m'arrivait de dormir des journées entières. Maintenant, c'est un peu plus régulier. Mais je ne sais pas si ce sera vraiment intéressant. Il n'y a pas assez à faire. Il faut que je voie si je vais rester. Mais les gens sont gentils, quand même. Pas comme quand je travaillais avec les acheteurs. C'était dingue. Ils hurlaient au téléphone. Je n'aime pas que les gens crient.

Il lui prit son verre des mains et le posa sur la petite table, à côté de son verre à lui. Elle secoua brièvement la tête, pour écarter les cheveux de ses yeux ou terminer une phase de leur rencontre avant d'en entamer une autre. Dès l'instant où il la toucha, le contact se mua en étreinte.

8

Pammy fourra des chaussures de claquettes et un justaucorps dans son sac en bandoulière. Le cours avait lieu dans la Quatorzième Rue, deux soirs par semaine, de huit heures et demie à dix heures. L'animatrice était Nan Fryer, une femme aux cheveux très raides, avec une cicatrice en travers d'une joue. Certains soirs, il y avait jusqu'à quarante élèves. Le studio leur était loué par un groupe théâtral, Dynamic Tranquillity. Nan appartenait à ce groupe, et attribuait son talent pour les claquettes à une discipline érigée en système éthique.

— Hop, tu ne sautes pas, voyons, hop. Vi-teu, vi-teu.

Pammy dansait devant un miroir au fond de la salle. Son corps était fait pour porter le collant, l'un des rares corps présents dans ce cas. Elle travaillait un numéro qui impliquait un changement d'équilibre particulièrement précaire. Pammy adorait les claquettes. Elle avait apparemment des pieds faits pour danser. Une danseuse-née. Les bras en l'air, les doigts de pieds en castagnettes, les talons crépitant dans une succession d'élans magnétiques, elle recherchait sans relâche une certaine cadence, l'unique instant de lucidité qui l'élèverait dans une sphère étourdissante d'extase et de sueur. Les claquettes, quand on dansait bien, c'était électrique, la sensation délicieuse du corps en tant qu'organisme coordonné et capable d'effectuer sa propre arithmétique.

Nan Fryer frappa dans ses mains, mettant fin à l'exercice. Les gens semblèrent s'affaisser, encore frémissants. Les hommes du cours étaient vêtus diversement, depuis le survêtement jusqu'à la tenue de répétition. La plupart des femmes portaient des justaucorps, ou bien des pantalons très amples. Nan passa parmi eux, en parlant. Elle portait des chaussures argentées, un jean coupé, et un T-shirt de Dynamic Tranquillity. Cette tenue rendait plus tragique encore sa cicatrice faciale.

— J'aime votre respiration. Vous respirez tous tellement bien. C'est important dans la mesure où il s'agit ici de mouvement, et de forces affectant le mouvement. Il existe en vous des régions et des niveaux de conscience que les claquettes rendent accessibles. Peu à peu, toujours plus en profondeur. Débloquez vos systèmes nerveux. Fiez-vous à votre respiration. C'est essentiel pour tirer de la danse le profit maximum. Quand j'ai commencé les claquettes, je croyais que c'était juste une danse rigolote. Mais ce peut être tellement plus. Mouvement et force. Force et énergie. Energie et paix. Vous êtes un être libre pour la première fois en ce sens que votre corps entier prend conscience de l'univers physique et moral.

Pammy regarda dehors, par une fenêtre du fond de la salle. La circulation était fluide. Le coucher de soleil se reflétait par à-coups dans la porte vitrée d'un magasin de soldes, juste en face. Elle avait les mains sur les oreilles.

— Bien, et maintenant, les enfants, en diagonale.

Pendant le reste de la séance, Pammy dansa intensément, retombant de toutes ses forces sur les talons, solidement en contact. Elle travailla un moment les phases intermédiaires, pas numéro deux, se déplaçant à l'oblique en face du miroir, pour se retrouver devant un radiateur et des tuyaux. Nan passa un vieil air de spectacle sur son tourne-disque et dansa un ensemble de pas compliqués. Les élèves formaient un cercle autour d'elle. Ils se remirent bientôt tous à danser, en s'efforçant de reproduire les motifs compliqués tracés au sol, avec force claquettes, balancements et moulinets dans une sorte d'espace intime, pour parader paisiblement sur le plancher.

— On ne se cris-pe pas. Dé-con-trac-té. Les chevilles dé-ten-dues, Arnold Maslow, ne vous cris-pez pas.

Dans une cabine téléphonique de Grand Central Station, Lyle attendait que McKechnie décroche enfin, en regardant les gens se diriger vers leurs trains, d'un pas de patineur, les épaules affaissées – une journée de travail, un verre ou deux causant une subtile destruction, une flétrissure au-delà du physique, tous en mouvement dans un vacarme de source indéfinie, la bouche entrouverte, les poissons de la ville.

— Tu es sûr qu'il n'est pas trop tard.

— Dis-moi ce que tu voulais me dire.

— L'autre jour, nous avons parlé de George Sedbauer. Qui l'a descendu, et ainsi de suite. Bon, tu te rappelles que tu m'as parlé de cette fille, un jour, la secrétaire de

Zeltner ? Elle est au courant de certaines choses dans cette affaire. J'ai fait un peu sa connaissance. D'abord, elle connaissait Sedbauer. Elle connaissait, ou connaît, l'homme qui l'a tué. C'est la clé de tout. Il y a une photo. Je l'ai vue. Elle sait aussi pour le pistolet, quel genre de pistolet, mais le pistolet, elle aurait pu le lire dans le journal. L'essentiel, c'est l'homme qui a tiré. Elle le connaît. Ne faudrait-il pas mettre quelqu'un au courant ? Dis, Frank ?

— Tu as vu cette photo.

— Ils y étaient. George, elle, le type. A moins qu'elle n'invente tout. Mais pourquoi l'inventerait-elle ?

— J'aimerais que tu parles avec un ami à moi, dit McKechnie. Je vais lui dire de t'appeler. Ouais, mieux vaut faire comme ça.

Ethan et Jack vinrent le lendemain soir avec un reste de hachis de viande. Ils montèrent tous sur le toit, où le gérant avait fait poser de l'ardoise par-dessus le goudron, et installer quatre tables de pique-nique (fixées aux murs par des chaînes), ainsi que plusieurs plantes vertes dans de grands containers. Lyle arriva en dernier, chargé de verres sur un plateau.

— Je ne savais pas qu'il y avait tout ça ici, dit Jack.

— C'est pour que Pammy puisse regarder le World Trade Center quand elle est déprimée. Ça lui remonte le moral.

— Je voudrais boire quelque chose de classique, déclara Ethan. Pas un de ces trucs dans le genre tequila. Qu'est-ce que c'est, de la tequila ? J'ai décidé de vivre, finalement. Plus de feux d'artifice empoisonnés.

— Ça, c'est de la poésie, dit Pammy. Eh, servez-moi, les gars. Juste un petit morceau. On mange, ou on boit ? Je n'y comprends plus rien, et nous ne faisons que commencer.

— Qu'est-ce que c'est, là ? demanda Jack. Le Municipal Building ? Et là, le Woolworth Building ? On ne voit tout de même pas si loin, d'ici, non ?

— Si vous aviez apporté du vin, je pourrais te servir quelque chose de classique. Je pourrais te servir du vin.

— Nous avons apporté du hachis. Qui d'autre apporte du hachis ?

— L'expérience passée m'amène à supposer que vous avez oublié le vin dans le taxi ?

— Nous avons eu un chauffeur de taxi, pour venir ici, commença Jack. Pas parler anglais tant bien. Il voulait passer par Chinatown.

— Ah bon.

— Terribles menaces corporelles, ajouta Ethan.

— Qui fait quoi ? Je voudrais un peu de pain avec ça. Et puis non. Oubliez ce que j'ai dit. Garçon, annulez la commande. Je suis danseuse, désormais. L'austérité devient ma vie. Ce qu'on appelle – un régime austère. J'accepterai toutefois de boire quelque chose, si l'un de vous veut bien me passer un verre, en faisant bien attention, bande de minables étrons, car ces hanaps sont d'un très grand prix.

— Cette salade est fabuleuse.

— Merci, Jack.

— Une salade entre toutes les salades, renchérit Ethan.

— C'est Lyle qui l'a tournée.

— Applaudissements fournis et prolongés.

— Je l'ai tournée.

— Je voulais te demander, Lyle, que se passe-t-il dans la rue ?

— La rue d'entre les rues.

— Avez-vous été officiellement déclarés monuments historiques ou quoi ? Etes-vous viables, Lyle ? Nous souhaitons tous le savoir. Y aura-t-il encore une corbeille dans le proche avenir ? Ou cela va-t-il disparaître dans les brumes de l'histoire, mesdames et messieurs, juste sous vos yeux.

— Je vote pour les brumes de l'histoire. Mais qui sait, en vérité ? Il y a un argument très fort en faveur du point de vue des membres. Mais le courant pousse dans l'autre sens.

— Vraiment, vous baisseriez pavillon ?

— Il ne s'agit pas de baisser pavillon, mais de faire une percée. Evidemment, on ne sait pas exactement à quoi on s'expose. C'est le problème, avec les courants.

— Cela pourrait vous entraîner jusque dans les cataractes.

— Par-delà les cataractes, et avec ta barrique aussi.

— Faut-il nous inquiéter ? demanda Ethan.

— Choisis une ouverture et fonce carrément. C'est la seule, tu sais, méthode pour, enfin – maintenir une détermination, une présence spécifique. Descendez dans la rue, gratte-papiers de l'histoire, emballeurs de paquets. Liberté, liberté.

— Tu as bien appris ta leçon, Spartacus.

Il faisait presque nuit. Lyle descendit rechercher de l'alcool et de la glace. Il composa le numéro de Rosemary. Personne ne répondit. Dans la cuisine, il passa devant un placard vitré et découvrit un défaut dans son reflet. Quelque chose d'inaccoutumé au milieu de son visage. En même temps, il y perçut une sorte d'humidité. Il alla dans la salle de bains. C'était son nez, qui saignait. Il pressa des mouchoirs en papier dessus jusqu'à ce que cela s'atténue. Puis il posa une boîte de Kleenex sur le plateau, avec la tequila, la vodka, le *lemon bitter* et la glace, et il remonta sur le toit. Il y avait quelqu'un à une autre table. C'était un petit garçon coiffé d'un genre de chapeau tyrolien en paille. Il se tenait adossé à la chaise, les yeux détournés.

Lyle sentit que les autres guettaient la dimension comique de sa réaction à l'égard du garçon. Il se dirigea vers eux, les yeux fixés sur le parasol fiché au milieu de la table. D'un geste délibéré, il posa le plateau sur la table, en écartant les objets qui le gênaient avec un dédain calculé. Ils attendaient tous qu'il dise quelque chose. Il s'assit, le plus lentement possible. Son nez se remit à saigner. Cela devint l'ultime plaisanterie, bien sûr. C'était plus drôle que tout ce qu'il aurait pu dire. Il introduisit un mouchoir en papier dans sa narine et le laissa pendre là, en arborant une expression d'indulgence lasse.

— Sa mère l'a laissé là, expliqua Jack. Elle devait revenir tout de suite. Est-ce qu'on laisse des gosses sur les toits ?

— C'est un gosse des années quarante, dit Pammy.

— Mais ce chapeau, je n'arrive pas à y croire.

— C'est un gosse des années quarante. Il a un petit costume ton sur ton. Je parie qu'il ne grandira jamais. Il ne dépassera pas le mètre. Il fumera une petite pipe et n'ira jamais nulle part sans ce chapeau et ce costume ton sur ton. Il s'appellera Bert Follett, et j'adorerais l'épouser. J'adorerais aussi qu'on me serve du vin blanc avec de l'eau de Seltz, s'il vous plaît.

— Où t'imagines-tu que je vais en trouver ?

— Là où il y en a. Cela existe, voilà tout. Existentiellement, tu devrais pouvoir en trouver.

— Quelle nymphette hargneuse, dit Ethan. C'est vrai, non, quelquefois ? Au bureau, sa seule vue les terrorise.

— Oh, c'est une sacrée poule, on peut dire.

— Sors ce Kleenex de ton nez.

— Quel nez, qui… dit-il d'une voix traînante.

Ils terminèrent le hachis. Pammy alla parler avec le petit garçon. Ils eurent une conversation sympathique sur les chiens du quartier. L'attention qu'elle lui portait le faisait se rengorger un peu. Elle le sentait conscient de la scène entière, et non de leur simple conversation. Il prenait plaisir à en faire lui-même partie. Un enfant au milieu des adultes. Mignon petit costume. L'ambiance. Sa mère vint le chercher, et Pammy rejoignit les autres.

— Je dis que c'est arrivé, déclarait Lyle, et nous ne savons pas ce que cela signifie. Cela s'est écroulé en plein sur nous. En avance sur le programme. Regardez qui voilà, avec l'air un petit peu écœuré. Cela nous est rentré dedans en marche arrière. C'est là.

— Des immensités de temps et d'espace.

— Si j'avais une mère pareille, observa Jack, moi aussi, je traînerais sur les toits. Je le fais de toute façon, ah bah, ah bah.

— Qu'est-ce que c'est, de la tequila ? demanda Ethan. Je n'en veux pas. Qu'on remporte ça, les enfants. Si c'est de la tequila et que je suis en train d'en boire, il se passe quelque chose de grave.

— On dirait que cet avion va s'écraser.

— Je crois que je suis malade, les gars.

— Je voulais tellement que nous soyons brillants tous ensemble, ce soir.

— Je crois que je vais dégueuler d'un instant à l'autre.

— J'étais sûr qu'il allait s'écraser, dit Jack.

— Je ne voudrais pas dire de mal du hachis, mais il se passe quelque chose de tout à fait anormal dans mon estomac.

— Elle va dégueuler, Lyle. Sors-la d'ici.

— Si nous avions quelque chose d'extraordinaire à boire peut-être. Je me suis trop longtemps contenté de la médiocrité.

— Lyle, tu fumes ? Je ne savais pas que tu fumais. Quand as-tu commencé ?

Dans le miroir de la salle de bains, il regarda le sang

couler. C'était assez joli. Cela coulait si lentement, un rythme idéal, sans le moindre sens d'une force contraignante. Il regarda se remplir le petit creux au-dessus de sa lèvre. La couleur de son sang l'intriguait, cette floraison charnue, ce quasi-chatoiement de la sève la plus gaie qu'on pût imaginer. Il rejeta sa tête en arrière, finalement, jusqu'à ce que le saignement cesse, puis il alla dans la cuisine, où Pammy se tenait devant l'évier fumant. Il ouvrit le réfrigérateur, en la repoussant au passage contre l'évier, exprès pour l'ennuyer, mais sans l'émouvoir le moins du monde, et il prit un bocal d'olives.

— Comment cela, pas de lave-vaisselle ?

— Je veux que ces verres sachent ce qu'on éprouve, à être lavés par des mains humaines, répondit-elle. Je ne veux pas qu'ils grandissent dans l'illusion que tout se fait sans effort, à la machine, avec des détergents impersonnels.

— Elle est encore en panne ?

— C'est toi qui appelles.

— Non, toi, pour une fois.

— C'est moi qui ai appelé l'autre.

— Je n'appellerai pas. Je m'en fiche. Elle n'a qu'à rester en panne.

— N'appelle pas. N'appelons pas. Je m'en fiche.

— Je parle sérieusement, dit-il. Je m'en fiche.

— Je ne serai pas là, alors.

— Moi non plus, sauf en passant.

Elle prit un air maniéré pour moquer son intonation.

— *Moi non plus, sauf en passant.*

Après la fermeture, Lyle passa au bureau. Elle n'était pas à son poste. Il s'attarda dans les parages, en s'efforçant d'avoir l'air naturel. Décidant finalement qu'elle avait dû partir de bonne heure ou ne pas venir du tout, il entra dans un bureau vide et composa son numéro personnel. Elle ne répondit pas. Par trois fois, à dix minutes d'intervalle, il retourna composer son numéro. Dans l'ascenseur, il songea : *Prétendant affligé*. En venait-il à comprendre les concepts déterminants qui menaient à l'obsession, au désespoir, aux crimes passionnels ? Ho ho ho. Déni et affirmation. Le piège du désir. La bénédiction d'être bafoué. Quelles douces perspectives cela ouvrait, d'immenses paysages névrotiques, quelles exemptions. Malédiction, miss Molly. Dans le taxi, il se sentit étrangement calme. Il se fit déposer deux rues plus loin. (C'était ce genre d'implication, déjà.) Il l'appela d'une cabine, près d'une station-service. Comme elle ne répondait pas, il alla sonner directement chez elle, dans le vestibule de l'immeuble. Il attendit une heure sur place, puis retourna à la cabine. Pas de réponse. Il crut voir une Volkswagen s'engager dans sa rue. Il traversa Queens Boulevard au pas de course et s'élança jusqu'au coin de la rue. La voiture était garée devant l'immeuble. Il était tôt, encore au moins deux heures avant la tombée de la nuit. Il attendit en fumant. Un homme et une femme (pas Rosemary) sortirent de l'immeuble. La voiture repartit vers le nord. Il retourna dans la maison et sonna une nouvelle fois. Personne ne vint ouvrir. Il resta une demi-heure dans le vestibule, à sonner et attendre. Puis il regagna la cabine près de la station-service et composa une nouvelle fois son numéro. Pas de réponse. Il attendit cinq minutes, et recommença. Puis il décida de compter jusqu'à cinquante. A cinquante, il appellerait une dernière fois. Comme elle ne répondait toujours pas, il compta jusqu'à vingt-cinq.

Sur la banquette arrière d'une limousine de location, Pammy buvait le cocktail de gin et de vermouth *dry* de sa bouteille thermos. Près du Midtown Tunnel, comme la voiture passait devant une épicerie, elle pria le chauffeur de s'arrêter, et courut acheter un citron. Elle ressortit en courant toujours, en cuissardes et casquette bouffante, sa tenue de fuite. Dans la voiture, elle arracha un lambeau d'écorce avec ses dents et l'ongle de son pouce. Elle le frotta tout autour du bord intérieur de la timbale de la thermos, puis le lâcha dedans. S'il fallait qu'elle prenne l'avion, tout au moins ne serait-ce pas dans un état totalement conscient. Elle buvait beaucoup plus rapidement que d'habitude. Il y avait à peu près huit parts de gin pour une de vermouth. Elle n'aimait pas particulièrement les martinis, mais estimait qu'ils représentaient un certain abandon flamboyant, au moins en théorie – un côté du-diable-si-je-m'en-soucie qui convenait bien à un trajet d'aéroport. S'il fallait qu'elle aille à l'aéroport, eh bien elle irait en limousine, avec des cuissardes, un jean délavé et une casquette de gosse des rues. Elle savait qu'elle avait une allure terrible. Elle savait aussi qu'Ethan et Jack apprécieraient son histoire de départ pour l'aéroport, ivre, dans une limousine d'un kilomètre de long, même si elle devait s'avouer qu'elle détestait entendre les autres raconter leurs saouleries et leurs séances de drogue, les quantités consommées, et les épisodes comiques qui s'ensuivaient. Mais ils seraient contents de la voir, et ils adoreraient sa tenue. Elle se sentait tellement bien, à l'idée de partir. Le Maine était quelque part là-haut dans le nord, avec des immensités de granit et de forêts de pins. Elle voyait déjà le visage de Jack quand elle pénétrerait dans la zone des arrivées, elle entendait les paroles de malicieuse bienvenue d'Ethan. Ce serait une séparation d'avec le monde des procédures et des revendications, une édifiante perte de définition. Elle remplit une nouvelle fois le gobelet. Quand le paysage commença à s'aplatir et se vider, elle sentit qu'on approchait de l'aéroport. C'était un paysage qui communiquait une impression de préemption. Elle baissa les stores des vitres latérales, et termina le voyage dans la pénombre, en buvant avec application.

Lyle fut légèrement surpris d'éprouver autant de plaisir à être seul. Tout était rangé, tout le fouillis débordant des habitudes conjugales. Il parcourut l'appartement en observant des frontières caduques, une modification des lignes et des surfaces visibles. Bien entendu, cela n'avait plus la même chaleur. Mais il y avait autre chose, une ampleur aérée, un rééquilibrage de la distance des objets autour d'un point commun. Les choses étaient moins abruptes et moins diverses. Il régnait une égalité de sensation, une symétrie radiale impliquant moins son corps et les pièces qu'il traversait, qu'une présence intérieure avec des lignes de résonance, les secrètes possibilités du soi. En descendant du bus, il l'avait vue sortir de l'immeuble et se diriger vers la limousine. Il était à cinquante mètres. Elle s'était arrêtée un instant sur le trottoir, vérifiant dans son sac en bandoulière qu'elle avait ses billets, ses clés, et ainsi de suite. Les bottes montantes étaient une surprise, et le chapeau aussi, cela lui donnait, même à cette distance, un air plus captivant que jamais, physiquement, une vision vraiment saisissante, et vulnérable, comme peuvent sembler l'être les gens séduisants, insouciants, et inconscients d'être observés. Il sentit son âme vaciller sous une tendresse déchirante. Elle était innocente, là, en cet instant ; elle avait écarté l'artifice, et choisi de ne pas se fier à l'expérience. A part prétendre être aveugle, il ne pouvait que succomber à l'amour. Le choc de bronze que cela lui causa était pure vérité, du genre qui révèle des états intérieurs, des faveurs et d'anciennes grâces reparaissant à la lumière. Il regarda la limousine se couler dans la circulation. Il partagea son départ, complètement. Cela ne durerait que quelques semaines, mais pendant ce temps il savait que le moindre ustensile de cuisine lui paraîtrait plus lumineux, plus distinct, un objet d'expérience immédiate. Leurs séparations étaient intenses.

9

Il croisa McKechnie plusieurs fois à la corbeille mais sans rien lui dire, suivant la coutume, et en évitant tout contact visuel. Il le chercha pendant les périodes d'accalmie, et de nouveau dans le secteur réservé aux fumeurs. Ce soir-là, il l'appela chez lui.

— Frank, un de tes amis devait me faire signe.

— Je lui ai expliqué l'affaire.

— Qui est-ce, où est-il, quand allons-nous parler ?

— Je ne sais pas ce qu'il fait, mais il le fait à Langley[1], en Virginie.

— Ce qui signifie ?

— Bon Dieu, Lyle.

— "Bon Dieu, Lyle." Qu'est-ce que c'est que ça, "Bon Dieu, Lyle" ?

— Fais marcher ta tête, dit McKechnie.

— Ecoute, dis-le-moi franchement, veux-tu ?

— Langley, bordel, en Virginie.

— Qu'est-ce que ça veut dire, "Langley, bordel, en Virginie" ? Qu'est-ce que ça veut dire ?

— Ne fais pas l'idiot. Tu le fais exprès.

— Y a-t-il un risque de malédiction, si tu prononces ce foutu truc ? Que va-t-il se passer, tes yeux vont tomber de leurs orbites ?

— Merde, mais tu es vraiment con.

— Langley, en Virginie.

— C'est cela.

— Quand aurai-je des nouvelles ?

— Je n'en sais rien du tout.

---

1. Langley : siège de la CIA. *(N.d.T.)*

— C'est censément un personnage obscur, tout le monde cherche des liens avec des terroristes, et pendant ce temps-là une secrétaire qui a rencontré cet homme, qui le connaît apparemment, qui a sa photo accrochée dans sa cuisine, se balade tranquillement. C'est peut-être très important, Frank.

— Pas pour moi. Franchement pas.

— Tu ne sais même pas ce qu'il fait, ton copain.

— Je ne le sais pas, c'est exact.

— Et tu ne veux pas le savoir.

— Tu n'as jamais rien dit de plus vrai, Lyle.

— Mais il le fait à Langley, en Virginie.

— Bon Dieu que tu es con.

— Dis-le, Frank.

— Ou tu le sais, ou tu ne le sais pas. Si tu ne le sais pas, essaie de deviner.

— Je veux t'entendre le dire.

— Essaie de deviner.

— Allons, dis-le.

— Je raccroche, dit McKechnie.

— Chuchote-le-moi à l'oreille.

— Je raccroche, pauvre con.

10

La chair de Rosemary, ses cuisses trop fortes, le frisson au contact de son corps, telles étaient les préoccupations qui le détachaient de ses liens habituels. Une fois dévêtue, elle parlait peu. Il l'agrippait, la mordillait, l'enduisait de salive. Elle avait le souffle laiteux. Elle ne s'intéressait à rien d'autre que la sexualité la plus banale.

Approprié, songeait-il. Parfaitement acceptable. Pourquoi pas ? Elle lui serrait la nuque. Sa chair l'obsédait, la couleur, le toucher, les odeurs neutres qui en émanaient. Elle aurait presque pu être une enfant droguée. Il avait envie d'érafler cette chair, d'y laisser des marques de dents, des stries roses, la lissant et la rebroussant à tour de rôle. Ce n'était guère une humeur pour des après-midi dilapidés. Il voulait enfouir sa bouche dans la sienne, rugir.

— C'est que j'en ai fini avec tout cela. Je tire un trait. Que tout retombe. Penses-tu que les gens éprouvent tous, ou presque, la même chose au sujet de leur boulot, là où ils travaillent pendant tant d'années ? Et puis c'est fou. Tout cela est fou. D'ailleurs, pourquoi pas ?

Elle ne se laissait jamais déshabiller par lui. Elle s'enfermait dans la salle de bains pour en ressortir dix minutes plus tard, légèrement mal à l'aise mais pas à cause de sa nudité, plutôt de sa façon de marcher nu-pieds, d'un pas qui semblait descendre, un pas lourd. Elle donnait peu de signes des mesures de désir que le corps de Lyle aurait dû savoir faire naître en elle.

— Il y a peut-être des gens que tu pourrais rencontrer.

— Bien sûr, je sais.

— Je me demandais, dit-elle. La voiture ?

— Bien sûr, je me rappelle bien.

— Qui vient quelquefois me chercher au bureau.

— Absolument, qui d'autre ?

— Si tu veux.

— Pourquoi pas, certainement, pour quoi d'autre suis-je ici ?

Ses cuisses déformaient la ligne de son corps. Des cuisses laborieuses, curieusement. Difficiles à repérer chez quelqu'un qui porte une robe, mais rassurantes en ce sens qu'elles contredisaient l'ensemble de ses prévisions. Il y insistait constamment, son corps tout entier, affamé de chair, ses mains la malaxant en une masse de légère décoloration. Jamais elle n'approchait de l'orgasme. Il acceptait ce fait non pas comme un défaut qu'il eût pu corriger (comme les gens, bien souvent, interprètent la question), à force de patience et de talent, d'expérience mécanique du lit ; ni comme un épuisement plus profond, un échec de l'esprit. Cela faisait simplement partie de leur dynamique, c'était leur façon d'être ensemble, et il n'avait nulle intention d'altérer les éléments de l'ensorcellement ni même de les souhaiter différents. Le choix de tel ou tel type de sexualité n'était pas en cause. La banalité qui imprégnait leurs rencontres fournissait ce qu'il souhaitait d'érotisme et réduisait “tel” ou “tel” type à une question d'obscure sémantique. Il s'agrippait farouchement à elle. Jamais il ne parvenait au point où il pût se guider au-delà d'une étape donnée ou se préparer à approcher un sommet. C'était trop désorganisé, les moments d'intensité s'annonçaient trop vaguement. Il jouissait de manière imprévue, à peine conscient, avec le sentiment d'être à la fois criminel et naïf.

Elle va dans la salle de bains à pas de loup, songeait-il. Elle tient ses seins dans ses mains et admire son corps dans le miroir en pied. Elle est toute rose de plénitude. Deux suivantes entrent après elle pour préparer son bain parfumé. Sur le lit en chêne sculpté, songeait-il, son amant repose sur une montagne de coussins en soie, en se souvenant comme elle gémissait de plaisir.

DEUX

1

Elle engagea la voiture dans une impasse. On était dimanche, et rien ne bougeait en ce milieu d'après-midi. Lyle regarda par la vitre de sa portière, le bras pendant à l'extérieur, tel un surfeur revenant d'une journée à la plage. La femme se gara, coupa le contact, et ne bougea pas. Lyle attendit. Un seul trottoir était goudronné. C'était une maison grise à un étage, avec des buissons et un arbre sur le devant. Elle émit un faible bruit, une irritation de routine en essayant de se pencher pour sortir de la voiture. Elle se retourna vers Lyle, à l'intérieur, qui n'avait pas encore commencé à ouvrir sa portière.

— J'ai oublié les Cheerios, dit-elle. Voilà qui va précipiter une petite crise dans la matinée. C'est bien cela – "précipiter" ?

— Je crois, dit-il. Peut-être pas tout à fait.

Elle se pencha pour prendre les sacs à provisions.

— J'entre maintenant ? demanda-t-il. Ou bien j'attends ici.

— Oh, entrez, je pense. Maintenant, bien sûr.

Je crois que c'est la seule chose à faire.

Il entendit un air de piano provenant de l'arrière de la maison, un tourne-disque, apparemment, à l'étage. Réagissant à ce son, la femme alluma la radio. Elle adressa un signe à Lyle, et il alla s'asseoir dans un profond fauteuil aux énormes bras stratifiés. La femme, Marina Vilar, se tenait derrière la table sur laquelle trônait la radio, et se penchait par-dessus l'appareil pour tourner le sélecteur de stations. Par la fenêtre, derrière elle, Lyle apercevait une partie d'un pont, soit le Whitestone soit le Throgs Neck. Il savait qu'ils n'étaient pas loin de la limite du Nassau County, mais il ne se rappelait plus quel était le pont situé le plus à l'est. La femme trouva ce qu'elle cherchait, un disc-jockey à jet continu, et elle haussa le volume, sombrement satisfaite, les yeux fixés sur le haut de l'escalier.

Marina était trapue, presque informe, vêtue d'un accoutrement qui aurait pu provenir d'une friperie. Son visage avait cependant des traits précis, à l'ossature forte, quelque chose d'une paysanne de peinture socialiste, avec d'amples arcs et des ombres. Ses cheveux, séparés par une raie médiane, étaient ramenés sur ses oreilles. Elle avait des yeux qui se concentraient intensément, et ne devaient pas facilement renoncer à leur expression impérieuse. Elle devait ne croire qu'une seule chose, lui semblait-il, à l'exclusion de toute autre. Bien qu'il ignorât encore quelle était cette chose, il était certain qu'elle devait lui attribuer une sorte de pureté particulière, une lumière sauvage.

— Vous n'avez malheureusement pas connu mon frère. Seulement Rosemary, n'est-ce pas ? C'est mon frère qui a fait les roquettes, à Tempelhof. Il a tout préparé dans le moindre détail.

— Je ne suis pas sûr de m'en souvenir.

— Ils se sont trompés d'avion. Ils ont touché le DC-9. Ils étaient complètement idiots. On prépare quelque chose avec la plus extrême précision. Et qu'est-ce qui se passe ?

— Ils se trompent d'avion, dit-il.

La pièce était pleine de meubles blonds, d'occasion, le genre de choses qu'on trouvait dans les salles de patronage ou d'œuvres de bienfaisance. Tout avait une apparence un peu chimique. Marina rangea les sacs de provisions et passa quelques coups de téléphone, sans prendre la peine de baisser le volume de la radio. Pendant le troisième de ses appels, J. Kinnear descendit l'escalier d'un pas rapide, les pieds largement écartés, et parcourut les dernières marches dans une sorte de petit galop rythmé. Un mètre soixante-quinze ou dix-sept, songea Lyle, identifiant un nouveau suspect pour un éventuel officier de police. Chemise à carreaux, pantalon marron, mocassins marron, plus vieux qu'il n'en avait l'air à première vue.

— Salut, je suis J. Enchanté. Vous voulez changer de camp, c'est bien cela ?

Il serra la main de Lyle en souriant, avec une ébauche de clin d'œil, et s'assit sur une pile d'annuaires, penché en avant avec les bras autour des genoux. Ses manières suggéraient qu'ils étaient deux compagnons d'idéologie, dont les chemins n'avaient divergé que sous la pression d'abominables circonstances. Plus encore, il avait hâte d'entendre l'histoire en entier. Il y avait un certain humour, dans la façon qu'avait Kinnear de construire cette impression de flatteuse intimité. Il s'en tenait à une certaine distance, mais certainement pas dans une intention trompeuse. Il avait maintenant les mains sur ses chevilles, et se grattait machinalement. Marina éteignit la radio et composa un nouveau numéro de téléphone. La pièce bourdonnait, tandis que les deux hommes attendaient qu'elle commence à parler pour pouvoir reprendre leur propre conversation. Kinnear avait un regard qui ne pénétrait jamais vraiment. S'il existait une façon tout à la fois persistante et évasive de dévisager quelqu'un, Lyle se disait que c'était précisément ce qu'il subissait en ce moment précis. Cheveux brun roux. Restes de taches de rousseur dispersées. Rides autour des yeux et de la bouche.

— Un authentique homme de la corbeille.

— La corbeille des corbeilles.

— Ravi, ravi.

— Que se passe-t-il ensuite ?

Kinnear se mit à rire. Il déclara qu'il avait fait de nombreux aller et retour sur la Côte. Que les choses devenaient intéressantes. Lyle en déduisit qu'il n'était pas censé poser des questions. La chaleur lui donnait envie de dormir. Il n'arrivait pas à comprendre pourquoi il n'était pas plus éveillé, plus intéressé. Depuis le début, quand Marina Vilar était passée le prendre devant une librairie de la Quatrième Avenue et qu'elle avait pris des voies détournées jusqu'au Midtown Tunnel, Lyle n'était pas parvenu à se sentir véritablement impliqué. Cela se déroulait autour de lui. Il passait au travers. Un jeu. C'était un peu comme cela. Il se surprenait souvent à s'ennuyer au théâtre (mais jamais au cinéma, cependant), même quand il savait, quand il voyait et entendait, qu'il s'agissait là d'une pièce exceptionnelle, méritant toute son attention. Ce genre de torpeur lui venait des corps à trois dimensions, de l'espace réel par opposition à la profondeur manipulée du cinéma. La situation risquait donc de durer un petit moment avant de prendre, avant de monter d'un iota. En attendant, elle l'avait emmené faire ses courses. Il l'avait suivie le long des allées d'un petit supermarché de Bayside.

— Ce qui est curieux, dit-il à Kinnear, c'est ce type de petit retournement. Je suis un col blanc. Un agent bénévole. C'était le rêve secret du col blanc. Composer un numéro dans une cabine publique au milieu de la nuit. Appeler un bureau gouvernemental, un service officiel, c'est cela, du gouvernement. "J'ai des renseignements sur Untel." Ou, mieux encore, recevoir leur visite, les faire venir. "Vous pourriez peut-être livrer une lettre en micropoint, monsieur, à l'occasion de votre visite à tel endroit", si c'est ainsi que l'on procède. "Peut-être consentiriez-vous à fournir une couverture à un recruteur en l'inscrivant comme employé, monsieur." Imaginez comme ce doit être sexy pour un brave et loyal homme d'affaires ou professeur. Quelle extraordinaire excitation pour ses nuits. La séduction des labyrinthes et des techniques compliquées. L'éventualité d'une double vie. "Fantastique, inscrivez-moi, je le ferai." "Bien entendu, monsieur, vous ne pourrez en souffler mot à personne, pas même vos proches les plus intimes." "J'adore ça, j'adore ça, je signe." Mais que se passe-t-il *ici*, J. ? Voilà le hic. Vous avez quelqu'un comme George Sedbauer, pour ne citer qu'un seul exemple de ce que je veux dire, et que mijotait ce bon vieux George, un col blanc comme ce vieux George ? Il traînait avec les extrémistes, avec les lanceurs de bombes. Il travaillait avec l'autre camp. Qu'est-il advenu du bureau, du service, de l'agence ?

Le sourire de Kinnear s'estompa à mesure que Lyle parlait. Le piano se tut. Il ne changea pas d'expression : son sourire s'effaça tout simplement, laissant derrière lui une peau ridée. La femme passa entre eux et gravit l'escalier. Il y eut une pause. Ils attendirent que les effets de sa présence eussent diminué, la simple distraction de son corps en transit.

— Notre facture de téléphone est incroyable. Et nous n'avons pas deux pièces de dix *cents* à frotter l'une contre l'autre.

— Mais quelqu'un comme Sedbauer, impliqué avec des terroristes, ces fous à lier, selon le point de vue du monde normal. Qu'est-ce que cela vous donne à penser, J. ?

— Je voudrais vous montrer quelque chose. Ce sera votre initiation dans le labyrinthe dont vous parliez. J'ai cette stupide idée que, quand on voit cela, on s'engage pour de bon. Une idée presque mystique.

Kinnear le conduisit au sous-sol. Il y avait une porte derrière la chaudière. Il tira le verrou, et pénétra dans l'arrière-salle. Lyle le regarda soulever d'une grande table une toile tachée de peinture. Il y avait des armes entassées sur la table et dessous. Kinnear essuya la poussière de ses mains, en les tenant bien écartées de son corps.

— Je ne sais combien de munitions pour des mitraillettes.

Il s'appliquait maintenant à épousseter ses jambes de pantalon puis, pour se mettre à parler, il se retourna pour dévisager Lyle, de l'autre côté de la table.

— Ironiquement, pas de mitraillettes en ce moment. Mais les habituels fusils à canon scié, carabines de chasse, pistolets. Quelques gilets pare-balles. Des matraques, des casques anti-émeutes. Des explosifs et divers composants d'explosifs, comme du Pento-Mex, de la solution d'ammoniaque, et diverses autres poudres et composants. Ah, oui, un réveil pour devinez quel propos. Des silhouettes-cibles, des chargeurs, des balles traçantes, tout un tas de piles de neuf volts. Et je ne sais combien de bombes paralysantes.

A partir de là, dans la maigre lumière, il parut solliciter une question ou deux, la tête inclinée et l'air d'attendre, gravement – une manière de fixer les distances. Il avait les mains enfoncées dans ses poches, avec les pouces à l'extérieur.

— Ne faudrait-il pas cacher tout cela un peu mieux ?

— Il n'y a aucune raison que quiconque soupçonne cette maison d'être autre chose qu'ordinaire.

— Quelqu'un descend réparer la chaudière.

— Je descends avec lui.

— Et vous montrez tout cela très librement, non ? Que savez-vous de moi, J. ?

— C'est ce qu'elle aurait dit. Elle ou son frère. Mais j'opère au niveau viscéral, fondamental. La terreur est purificatrice. Quand on entreprend de débarrasser une société des éléments répressifs, on devient aussitôt une cible soi-même, pour toutes sortes de gens. Il n'y a personne qui ne soit susceptible de vous descendre. Se faire tuer, ou trahir, cela semble parfois être le seul but de toute l'entreprise. Quant à ce que nous savons sur vous, Lyle, je dirais que vous êtes le successeur de George Sedbauer. Pour moi, c'est clair. Avec cette différence : George ne savait pas pour qui il travaillait. George nous croyait impliqués dans – ouvrez les guillemets – l'espionnage industriel – fermez les guillemets – de haut niveau. Nous lui avons fait croire que nous représentions des intérêts de banques internationales et d'import-export. Il copiait toutes sortes de dossiers et de documents mystérieux tirés des coffres de sa société, et nous disait tout ce qu'il savait sur l'Exchange même. Il prenait Vilar pour l'agent de liaison d'un cartel de banques clandestin. Il n'a jamais imaginé avant la fin, littéralement la dernière minute, dirais-je, que Vilar voulait faire sauter l'Exchange.

— Boum.

— Vilar était un peu trop porté sur les bombes pour mon goût. Mais c'est ainsi. Et George, pendant ce temps, épuisait le photocopieur.

— Sans savoir.

— George m'était sympathique. Nous nous entendions bien. George était un homme intéressant. Nous avons passé ensemble de bons moments.

— Que faisiez-vous du matériel qu'il copiait ?

— C'était sans le moindre intérêt.

— Une masse de papier thermique.

— Regardez-moi ça, dit Kinnear. Des boucliers anti-émeutes, des gaz lacrymogènes, tout ce matériel anti-foule des années soixante. Ce sont des pièces de musée. Des souvenirs d'époque. En dehors des explosifs, je ne pense pas qu'aucun de ces trucs puisse encore marcher. Et même pour les explosifs, je n'en mettrais pas ma main au feu. Peut-être ces produits chimiques ont-ils une demi-existence effective qui vient d'expirer voici dix minutes. Mais regardez-moi tout ça. Visiblement extirpé d'une armurerie de la Garde nationale par une nuit de printemps. Pure nostalgie, Lyle. Mais je voulais que vous le voyiez. J'imaginerais volontiers qu'une collection d'armes ait une charge émotionnelle complexe, pour quelqu'un dans votre position. C'est un arsenal, après tout. Et c'est la moindre des choses, que vous connaissiez la nature du jeu.

Il dressa une silhouette-cible contre le mur. Il tira son mouchoir de sa poche et essuya le dessus d'une caisse retournée, puis s'assit face à la cible. A plusieurs reprises, il effleura du doigt la poussière qui couvrait la face de la cible. Divertissement, songea Lyle. Un peu de show-business.

— C'est cette incertitude quant aux sources et aux objectifs ultimes, dit Kinnear. Partout, non ? Des labyrinthes, vous avez raison. Des techniques compliquées. Notre grand problème dans le passé, en tant que nation, c'était que nous ne rendions pas suffisamment justice à notre gouvernement pour la force totalement inextricable qu'il représentait. Ils étaient encore plus malfaisants que nous ne l'avions imaginé. Plus malfaisants, et beaucoup plus intéressants. Assassinat, chantage, torture, intrigues colossales et invraisemblables. Toutes ces circonvolutions et ces relations. Cet assortiment d'épisodes sexuels. Terriblement, terriblement intéressant, tout cela. Les caméras, les micros, et ainsi de suite. Nous pensions qu'ils bombardaient des villages, qu'ils tuaient des enfants, pour le plaisir de la technologie, pour qu'elle fasse ses preuves, et aussi pour certaines abstractions. Nous ne leur rendions pas justice pour le reste. Derrière chaque fait nu, nous rencontrons des couches multiples d'ambiguïtés. Tout cela est tellement étranger à l'esprit libéral. Il est extraordinaire qu'ils arrivent encore à tenir. Cette brume de conspirations et d'interprétations multiples. Et tant pis pour la grande vision éducatrice du gouvernement fédéral.

Il se détourna de la cible pour faire face à Lyle, qui se tenait de l'autre côté de la table.

— Que s'est-il vraiment passé ? reprit Kinnear. Qui a ordonné la mise sur écoutes ? Pourquoi les papiers ont-ils été détruits et que disaient-ils ? Pourquoi tel rapport d'autopsie diffère-t-il de tel autre ? Y a-t-il eu une balle, ou davantage ? Qui a effacé les bandes ? La mort d'Untel était-elle accidentelle ou criminelle ? Comment le crime organisé s'y est-il trouvé mêlé – qui leur a ouvert la porte ? A quelle profondeur les corporations sont-elles impliquées dans tel ou tel mystère, tel ou tel crime, ces meurtres, ces programmes de torture systématique ? Qui a mis en place ces énormes plans de surveillance ? Qui a écrit les lettres anonymes ? Pourquoi les témoins ont-ils disparu ? Où sont les dossiers ? Où sont les fragments manquants des balles ? Ce suspect travaillait-il pour les services secrets ou non ? Pourquoi ces quatre récits de témoins oculaires se contredisent-ils aussi complètement ? Lyle, que s'est-il passé ce jour-là à la corbeille ?

— Je me disais que j'allais finir par vous le demander.

— Je n'y étais pas, répliqua J. C'est vous qui y étiez. Je ne savais même pas que cela devait se faire. Ils l'ont fait de leur propre chef. Un numéro de frère et sœur.

— Vous voulez savoir ce qui s'est passé.

— Que s'est-il passé, Lyle ? Combien de coups de feu ? Qui a tiré ? Y avait-il une ou plusieurs personnes ? Avez-vous vu une arme ? Comment étaient le ou les suspects ?

Kinnear s'interrompit, rassemblant ses énergies oratoires pour conclure.

— Quand les gouvernements deviennent trop intéressants, la fin est en vue. Leur chute est contenue non pas dans leurs transgressions, bien sûr, mais dans tout ce qui fuit par ces brèches, tantôt sinistre et redoutable, tantôt presque risible. Il ne faut pas que les gouvernements soient aussi intéressants. Cela déséquilibre le corps politique. Je suis presque tenté de dire qu'ils ont eu trop d'imagination. Mais ce n'est pas tout à fait cela, non ?

— Des fantasmes.

— Ils ont eu trop de fantasmes. C'est juste. Mais n'étaient-ce pas nos fantasmes à nous, en fin de compte ? L'assortiment complet. Nos dirigeants les ont simplement réalisés. Nos représentants élus. C'est donc approprié, rien de plus qu'approprié, et nous étions bien aveugles de ne pas le deviner. Il nous suffisait pourtant de connaître nos propres rêves.

— Vous devriez organiser des tournées, pour cette conférence, suggéra Lyle. Ça paye bien.

— Je sens que vous y prenez plaisir. Vous en avez bien besoin, n'est-ce pas ? Un sens de structure. Une base logique pour un commentaire plus développé.

Lyle entendit des bruits de pas juste au-dessus de lui. Une porte se ferma, causant de légères vibrations. Il prit une arme qui lui semblait être un M-16. C'était plus lourd qu'il n'aurait cru. Il le tint au niveau de son ventre, en le soupesant d'un léger balancement des mains. Par une petite fenêtre percée haut dans le mur, il voyait par-delà les treillis à croisillons qui ceinturaient la véranda. Marina dépliait une chaise longue dans une demi-ombre. L'arme le mettait mal à l'aise. Ce simple contact contenait en soi la sévérité de sa finalité. F-f-f-fusil, songea-t-il. Pas question de mettre en doute son autorité. Jusqu'à la moindre rainure en spirale, c'était manifestement un objet conçu et fabriqué pour fonctionner avec une précision glaçante. Le souvenir du goût de cuivre d'un jouet sur sa langue. L'objet était pratiquement parfait. Il pouvait tuer un homme avant même que la couleur du fût n'ait été enregistrée dans son cerveau. Il le remit en place, en se disant que Kinnear devait être homosexuel.

Un peu plus tard, il alla s'asseoir avec Marina à l'arrière. Il ne savait pas qui étaient les autres, en vérité, mais il ne semblait rien y avoir d'étrange à ce qu'il fût là. Il aurait facilement pu somnoler sur son transat, avec une main repliée au ras de l'herbe. Marina lisait un journal. Elle le repliait constamment pour qu'il soit bien compact, face au vent.

— J'aimerais vous demander, si je peux.

— Quoi ?

— Pourquoi, exactement, avez-vous choisi l'Exchange pour frapper ? Ou bien est-ce trop évident ?

— A cause de George.

— Il vous donnait accès.

— Ils reçoivent des menaces. Ils sont sur le qui-vive. Des gardiens tous les quelques mètres. Mais avoir quelqu'un à la corbeille, c'était sur un plateau, pour nous. Nous savions que nous ferions quelque chose. Rafael voulait disloquer leur système, l'idée de l'argent mondial. C'est ce *système* à notre avis qui constitue leur pouvoir secret. Tout cela flotte dans cette fameuse corbeille. Des courants de vie invisible. C'est le centre de leur existence. Le système électronique. Les ondes et les charges. Les chiffres verts sur le tableau. C'est ce que mon frère appelle leur survie dans la chair en décomposition, le goût le plus proche de l'immortalité. Pas la masse de tout cet argent. Le système lui-même, le courant. C'est tout Rafael. L'approche du maniement des bombes par un docteur en philosophie. “Les financiers sont plus avancés spirituellement que des moines sur une île.” Rafael. C'était ce secret-là que nous voulions détruire, ce pouvoir invisible. Tout est dans ce système, bip-bip-bip-bip, le circuit de courant électrique qui unit les argents, au pluriel, du monde entier. Leur plus grande force, cela ne fait aucun doute.

— Que pensait Kinnear de tout cela ?

— Ils ont l'argent. Nous avons la destruction. Quoi ?

— J. – qu'en pensait-il ?

Elle se replongea dans le journal. Lyle sentait l'importance de poser des questions qui ne la décevraient pas. Peut-être venait-il précisément de manquer son coup. Kinnear était à la fenêtre, juste au-dessus d'eux, avec un téléphone à la main.

— Cela lui aurait plu s'il l'avait su. Pas le fait même de la bombe. La pensée derrière la bombe. Il aurait discuté, discuté, discuté. J. est tout en théories. Il attend que les instruments de la répression mondiale s'effondrent tout seuls. Cela se produira mystiquement dans une lumière rose. Les gens entreront, et tout sera fini. Une manière de trahir la révolution, c'est d'avancer des théories à son sujet. Nous ne faisons pas que créer des doctrines, mon frère et moi. Nous sommes là pour détruire. Quand nous avons posé la dynamite à Bruxelles, à l'ambassade, c'était magnifique, parce que nous étions des techniciens accomplissant une opération. De bout en bout. La plus belle œuvre imaginable. La théorie est une diversion caduque, qui ne sert qu'à accroître l'estime des théoriciens pour eux-mêmes. La seule doctrine valable est la folie calculée.

— Totalement imprévisible.

— A-t-on le droit de dire "argents" – au pluriel ?

— Absolument, dit-il.

En fin d'après-midi, elle le conduisit à une station de métro. Il eut une longue conversation avec lui-même, intérieure. Il y avait la voix d'un Lyle ancien astronaute, qui avait marché sur la Lune. L'autre voix appartenait à un Lyle femelle, qui interviewait l'astronaute dans un studio de télévision. L'astronaute parlait de manière fort émouvante de l'apesanteur comme d'une forme poétique d'angoisse et d'isolement. Quelque part tout en haut de la vraie tête de Lyle, la femme qui faisait l'interview souriait et s'éclaircissait la gorge. Ils longèrent des maisons, encore des maisons. Puis ils arrivèrent dans Main Street, à Flushing.

— Rosemary ne me connaît pas sous le nom de Vilar. Elle connaît Marina Ramirez.

— Bon, d'accord.

— Mais vous me connaissez comme Vilar.

— C'est exact.

Le personnage femme posait des questions sur les couleurs et les formes, la solitude au milieu des étoiles. Pourrons-nous marcher un jour sur Mars, demandait-elle. Il y avait des moments d'attente à des feux rouges. La conversation s'étiolait. Il se sentait idiot, saturé. Marina l'observait tout en ralentissant derrière une file de voitures.

— Nous avons toujours l'intention de frapper le 11 de Wall Street.

Il ne parut pas réagir.

— Il va falloir le détraquer au maximum avant qu'ils ne décident de le fermer pour leurs propres raisons. Toute cette décentralisation à laquelle nous assistons. Est-ce une réaction à la terreur ? Je m'amuse à imaginer qu'ils ont un plan d'ensemble pour éliminer les cibles les plus en vue. Pour entrer dans la clandestinité. Ou devenir totalement électriques. Plus rien que des ondes et des courants communiquant entre eux. Des esprits. C'est donc maintenant qu'il faut frapper, le plus fort possible.

— D'où votre intérêt pour un second George.

— C'est plus facile avec un George.

— Je l'imagine volontiers.

— Vous ne croyez pas ?

— Je le crois bien volontiers.

— Bien entendu, un George n'est pas tout, reprit-elle. Il nous faut aussi un Vilar. Quelqu'un qui manipule des explosifs tout en dormant.

Lyle descendit de voiture, et vérifia machinalement dans ses poches la présence de clés, monnaie, portefeuille, cigarettes. Il la regarda s'éloigner dans la circulation. Ils avaient mis des plaques de l'Ohio.

Il passa la soirée dans le quartier financier. Il faisait un temps lourd et brumeux, même près du fleuve. Deux hommes en ignoraient un troisième, leur copain, qui urinait, tandis qu'ils luttaient au ralenti près du dôme des tennis, au bout de Wall Street, l'un s'efforçant d'attraper la bouteille que l'autre avait dans sa poche revolver. Lyle tourna à un coin de rue, et marcha lentement vers l'ouest. Il savait que l'inactivité était trompeuse, l'heure du jour, le jour de la semaine, une illusion d'accalmie par rapport à la frénésie d'*engineering* prédateur. A l'intérieur de certains cubes en granit, ou d'une tour en chrome ici et là, des gens triaient de l'argent de divers types, des milliards vertigineux projetés dans des machines, informatisés, scannerisés, codifiés, classés, contrôlés, emballés et emportés dans des camions, le tout dans un vacarme accéléré, ce son déchirant qui est intrinsèque à toute activité limitée dans le temps. Il avait vu les salles de codage, le microfilmage des chèques, le passage de l'argent, rétréci à mesure qu'il passait, commençant à se libérer de la visualisation, à passer d'une existence de papier à des séquences électroniques, avec une signification de plus en plus complexe, de plus en plus difficile à nommer. C'était de la condensation, tout ce processus, un découpage des propriétés accidentelles de l'argent, du contact de l'argent. Il était revenu à South Street sans trop savoir comment. Les trois hommes se bagarraient, à présent, pédalant à l'envers dans un cercle tapageur qui semblait avoir la bouteille pour centre. Leur empoignade se déroulait encore plus au ralenti qu'avant, véritable film de gesticulations mal programmées, et ils marmonnaient des malédictions tout en continuant. Ce qui restait, songea-t-il, ne pouvait guère s'identifier à l'argent (lui-même une compression, dans ses formes normales, de sa propre valeur). Le processus demeurait, les ondes et les charges de Marina, une présence immortelle. Lyle considérait son propre argent non pas comme un moyen d'échange, mais comme un élément à consigner en banque de données, repérable uniquement par des éclairs magnétiques. L'argent était l'indemnité spirituelle de quelque perte future indéfinissable. Il existait dans sa tête sous sa forme la plus pure, *mon argent*, source revigorante de méditation. Il regarda une femme aller de téléphone en téléphone, dans toute une batterie de cabines ouvertes, devant un immeuble de bureaux à proximité du Cotton Exchange. Cette vision de l'argent, songea-t-il, n'était pas la plus saine. Possessivité, sens du secret, rationalisme cancérigène. Sans mettre de pièces, la femme décrochait le téléphone, hurlait quelque chose dedans, puis le rejetait dans la cabine. Lorsqu'elle en eut fini avec le sixième et dernier téléphone, le projetant violemment, elle vit Lyle approcher et lui sourit, sa peau à vif toute craquelée. Comme il lui souriait en retour, cillant un peu, elle lui dit, "Va sucer le cul de ma sœur, mec". Il s'immobilisa, et la regarda s'éloigner en boitant. Puis il prit l'un des téléphones laissés pendants, et composa le numéro de Rosemary Moore. Il laissa sonner, sonner.

2

Seins nus sur la terrasse en séquoia, Pammy regardait Ethan ramer en direction du rivage, séparée de lui par des variations de lumière allant d'un opale flamboyant à un bronze de conifère, une ombre en damier entre la maison et le bord de l'eau, avec, au-delà, le bleu brutal de midi. Elle était assise sur un banc, et Jack Laws lui coupait les cheveux. La maison était tout en verre et en bardeaux de cèdre, construite en hauteur, ses surfaces vitrées réfléchissant l'ombre dense des arbres. Jack se marmonnait des instructions en effilant une zone derrière l'oreille gauche de Pammy. Elle regardait à l'ouest, en direction des collines en contre-jour, sur la terre ferme.

— Qu'est-ce que tu fabriques dans mon dos ?

— Tu voulais du spectaculaire, non ? Un changement. Ne m'interromps pas.

— Qu'allons-nous faire pour le déjeuner ?

— C'est tout ce que nous faisons, ici. Nous prévoyons les repas interminablement, avec tout ce bazar de légumes frais, de homard frais, d'œufs frais de la ferme, toute cette connerie routinière. Nous en parlons, n'est-ce pas? Puis nous entrons dans les vrais détails. Puis nous passons à l'acte, nous le faisons. Et puis nous nous attablons pour le manger. Sans cesser d'en parler pendant tout le repas.

— Je ne veux pas que tu touches à mes cheveux quand tu es de cette humeur-là.

— Et puis nous, quoi, nous rangeons, jetons, lavons, séchons. Puis le moment revient de discuter l'heure du repas, la bouffe, les ingrédients. Vite, on court vers les étals des petites routes. Airelles, potiron, maïs, vite.

— Tu n'es pas précisément d'une humeur réjouissante. Je ne sens aucune chaleur dans tes propos, Jack.

— Après la tombée du jour, dit-il. Le silence.

— Je n'aime pas ces ciseaux dans ta main.

— Peux-tu imaginer un noir pareil?

— Cela s'appelle la nuit, Jack. Nous appelons cela la nuit.

— Je ne savais pas que ce serait ainsi. Je me disais nager enfin. Est-ce que tu te rends compte, cette eau?

— Froide, je sais.

— Je me disais nager le matin. Je me disais enfin, débarrassé des plages bondées. Mais cette eau. Qui l'aurait cru?

— Ce n'est pas totalement hors de propos.

— C'est l'horreur totale.

— Essaie encore, dit-elle. C'était peut-être seulement ce jour-là.

— Tu as de beaux seins.

— Un peu poilus en ce moment.

— Beaux seins pour une fille.

— Je veux tout de même savoir ce que nous allons faire pour le déjeuner.

— S'il finit par arriver pour superviser.

— Il rame bien, je trouve.

— Le surveillant, reprit Jack. Si le surveillant finit par arriver.

— Quand Ethan décidera de louer une maison aussi sympa dans un cadre aussi beau, et cetera et cetera, je serai toujours parfaitement heureuse de l'avoir comme surveillant.

— Qu'est-ce qu'il peut avoir dans ce bateau, quatre tonnes de fonte, à voir comme il rame ?

— J'aime beaucoup le regarder. Les gens qui rament. Les gens qui rament et les gens qui font du vélo. J'aime bien les regarder. Un jour, nous étions en Angleterre et, quelque part près de Windsor Castle, nous avons vu des garçons qui ramaient, des collégiens, dans des bateaux de course, qui ramaient en équipes dans des périssoires, et sur la rive il y a le moniteur à vélo, qui pédale sur le chemin de halage en criant ses instructions.

— Je fais cela *par excellence*.

— Ramer et faire du vélo en même temps, dit-elle. Eh bien, quelle gâterie pour mon crâne surmené.

— C'est du spectacle *extraordinaire*.

— Tout ce que je veux, c'est une nouvelle tête.

— Tu vas l'avoir, ma grande.

Elle avait toujours vécu dans des appartements. C'était une maison dans les bois, en bordure de la baie, une maison qui inhalait le climat, les fréquents changements de température. Elle entendait des bruits toute la nuit. Des animaux vivaient sous le toit et dans la cave. Il y avait des chauves-souris dans la cheminée inutilisée. Au lit, recroquevillée sous les couvertures et les édredons, elle ne distinguait aucune différence entre les bruits du vent et de la pluie, ceux des chauves-souris et des écureuils, ou de la pluie et des chauves-souris. Il y avait partout des craquements de navire et des sifflements de bois calciné dans l'âtre, qui se mettaient parfois à crépiter, mais ne se taisaient jamais vraiment. Quand le brouillard s'avançait, venant de la baie, il semblait suggérer un changement fondamental dans l'état de l'information. Par mauvais temps, l'humidité était pénétrante. Des oiseaux s'élançaient dans les immenses baies vitrées où ils voyaient la forêt, et s'y assommaient ou se tuaient.

Ils regardèrent Ethan sortir du canot et le tirer sur les galets de la plage, au-delà de la limite de la marée. Il gravit les marches et parcourut un sentier sinueux, disparaissant une ou deux fois parmi les arbres, puis émergea, tête basse, le pas lourd. Pammy rentra chercher une chemise.

3

Lyle regardait la télévision, assis tout près de l'écran, la main sur la télécommande. Vers minuit, il reçut un appel de J. Kinnear. Il imaginait Kinnear posté à la fenêtre tout en parlant, les yeux plongés dans l'obscurité de la cour.

— Où serez-vous mardi soir à onze heures trente ?

— Ça va vite.

— Si j'étais un officier de renseignements vous faisant passer la phase de prérecrutement, je serais tenté d'avancer très lentement. Je crois que je serais tenté de vous laisser découvrir la limite de votre engagement à un rythme beaucoup plus raisonnable.

— Jusqu'où j'irais.

— Exact.

— Mon potentiel de clandestinité.

— Soyez à la permanence de nuit du tribunal, à Centre Street. Je pourrais vouloir vous faire rencontrer quelqu'un.

— Avez-vous une idée de comment joindre Rosemary ?

— Pas la moindre, répondit J.

Deux jours plus tard, après la fermeture, il vit la vw verte bifurquer dans Wall Street, venant de Broadway. Marina se rangea le long du trottoir, et il monta en voiture. Elle l'emmena à la maison grise. Kinnear était assis dehors, derrière la maison, et il écrivait sur un bloc-notes, jambes croisées. De la petite véranda, Lyle chercha des yeux Marina à l'intérieur, et l'aperçut à travers une succession de portes ouvertes, lorsqu'elle passa devant l'entrée de la cave, sur le devant de la maison, apparemment occupée à parler avec quelqu'un. Kinnear s'approcha de Lyle, lui empoigna le haut du bras tandis qu'ils se serraient la main, avec ce bref clin d'œil qui semblait dire, "confiance, solidarité, détermination".

— Lyle dans ses fringues de boulot.

— Et sa plus belle cravate.

— Ses fringues de boulot pour les grands jours.

— Elle a oublié les Cheerios.

Le souvenir s'éveille dans l'œil de J.

— Oui – oui, elle les a oubliés, en effet. Les Cheerios. Deux petits déjeuners fichus.

J. retourna dans son fauteuil, la main droite traînant encore le souvenir de leur récente poignée de main, et Lyle s'assit sur les marches de la véranda.

— Comment allez-vous ?

— Il semblerait que nous ayons été infiltrés. En conséquence, une certaine quantité de désinformation est dispensée. C'est quelquefois un peu complexe.

— Qu'est-ce que la désinformation ?

— Un terme employé par les agences de renseignements. Le sens est assez clair, non ?

— Information plausible mais erronée.

— Donc, reprit Kinnear, il y a un léger goût de pisse de chat dans l'air. Ambiguïté, confusion, désinformation. Et puis quoi encore, c'est ça ?

— Est-ce que vous dirigez ce groupe, ou quoi ?

— Je ne confirme pas, je ne nie pas. Oui et non, mais ne me citez pas sur ce point. Je suis un peu jésuite, Lyle. Les jèzes savent jouer la position. Ils ne vous lâchent pas avec une bonne balle à jouer.

— Vous n'étiez pas au courant de la première tentative.

— Oui, bon, le numéro frère-sœur nous arrive avec une bonne dose d'ardeur zélée. Mais c'est très bien comme cela, parfaitement bien. Nous n'avons pas de prospectus et nous ne publions pas de rapport annuel. En tout cas, je n'étais pas censé vous parler de l'infiltration. Mais je veux votre confiance, Lyle. J'en ai peut-être même bien besoin, pour parler franchement. Je vis dans des fissures du trottoir depuis des années, et on arrive au point où l'on fait confiance au premier inconnu, tout au moins où l'on aspire à sa confiance parce que c'est l'une des choses qui se produisent. On éprouve des sentiments compliqués à l'égard de ses proches. Quand quelqu'un se fait prendre, ah, vous n'imaginez pas comme on a vite fait d'oublier toute cette solidarité de clan qu'on a construite au fil des ans. On considère aussitôt qu'il ou elle va donner des noms, des endroits. Les choses changent, et peut-être est-ce le fait de la communication avancée, je ne sais pas, mais aujourd'hui il n'existe plus qu'un réseau terroriste et un appareil policier. Le fait est qu'ils font parfois double emploi.

Kinnear s'approcha des marches et prit le visage de Lyle entre ses mains, comme pour l'encadrer. Il récita un numéro de téléphone, en articulant avec une clarté exagérée. Il demanda à Lyle de retenir le numéro, en lui recommandant de ne s'en servir qu'à sa requête spécifique. Puis il regagna son fauteuil, exprimant ouvertement ses appréhensions dans un sourire figé. Il était vulnérable comme le sont les hommes qui ont conservé la structure physique et les traits caractéristiques de leurs vingt ans, un âge relativement inattaquable. J. n'avait pas moins de mal à rester mince, ou à garder le pied léger, et il y avait encore des signes d'ingénuité et de chaleureux enthousiasme dans ses yeux. Cette honnêteté était cruelle, toutefois, suggérant quelque déficience fondamentale en lui, un échec à comprendre la duperie, peut-être, ou autre chose en plus de la duperie.

— Quelqu'un comme Vilar, dit Lyle, serait un exemple, j'imagine, d'un réseau.

C'était le soir où il aurait dû se trouver au tribunal de nuit pour rencontrer l'ami, partenaire, ou contact de Kinnear. Il estimait "professionnel" de ne pas l'évoquer à moins que J. Kinnear n'en parle.

— Vilar – bon exemple. Un homme, dit-on, recherché dans plusieurs pays. Lié, dit-on, à des groupes séparatistes, des réfugiés, des nationalistes, des guérilleros, des extrémistes, des escadrons de la mort gauchistes, quels qu'ils soient. J'espère pour lui qu'il n'est pas à double face. Un poil susceptible et nerveux.

— Et quelqu'un comme George ? Je parle en tant que George moi-même. Comment George s'est-il trouvé impliqué, exactement ?

— Comment George s'est trouvé impliqué, eh bien, voilà. Nous utilisions Rosemary comme courrier. A l'époque, elle était hôtesse. New York-San Francisco et New York-Munich, je crois. Il est plus sûr, et plus économique bien sûr, d'utiliser des membres d'équipage plutôt que des passagers. Quoi qu'il en soit, elle et George Sedbauer se sont rencontrés, et il est peu à peu entré dans l'affaire, en quelque sorte. Je ne dirais pas qu'elle l'ait recruté. Ce n'était pas si soigneusement programmé. Il lui a confié qu'il avait des dettes. Elle nous l'a amené. Nous lui avons promis de l'argent, que nous ne lui avons d'ailleurs jamais donné, et qu'il nous rappelait sans grand espoir. Je pense qu'il prenait plaisir à toute cette frénésie photocopieuse.

— Mais il fixait la limite aux bombes.

— On fait appeler George au téléphone, dit Kinnear. Il va au central, et il voit Vilar. Comme les choses sont assez calmes ce jour-là, George prend un badge de visiteur, que Vilar fixe à sa poche de poitrine, et ils passent devant les vigiles pour se rendre à la corbeille. Ils bavardent. George devient soupçonneux. Qu'est-ce que ce type me raconte ? Ils continuent à parler. La vérité lui tombe dessus. Ce type veut déposer des explosifs, une dynamo et une minuterie dans un secteur central de l'Exchange. Vilar ne le lui a pas expliqué en détail. Mais George comprend ; enfin, il sait. Il n'hésite pas un instant : il va faire avorter l'entreprise. Et il s'éloigne aussitôt de Vilar, qui ne le lâche pas. Il y a une lutte. Vilar brandit un pistolet et tire, atteignant George une fois au poumon. Ou bien est-ce deux fois ?

— Bonne question.

— Ou bien, reprend Kinnear, George a reçu deux visiteurs à la corbeille ce jour-là. Il y avait un second tireur. Ce sont une ou plusieurs balles de cet homme-là qui ont tué George. Non seulement cela, mais il a réussi à atteindre la rue. Si je m'en souviens bien, les premiers comptes rendus évoquaient une poursuite dans les rues.

— C'est vrai.

— Et pendant un certain temps, la police a éprouvé quelque difficulté à identifier le meurtrier.

— Egalement vrai.

— Le second tireur était Luis Ramirez. Non seulement il est parvenu dans la rue, mais il s'en est tiré. Qui est Ramirez, exactement ? Disons que c'est un personnage assez obscur qui a passé un certain temps au Moyen-Orient et en Argentine, sans doute à seconder les mouvements locaux et acquérir quelques bribes de savoir-faire. Un programme d'échanges, disons. Connu jusqu'alors comme expert dans la falsification des passeports. Il est également le beau-frère de Vilar. Une enquête révélera l'habituelle inefficacité de la police. Elle montrera plus spécifiquement que la balle qui a tué George provenait d'un Mauser automatique de sept millimètres soixante-cinq, et non pas d'un pistolet à blanc comme celui qu'ils ont trouvé sur place.

Kinnear traça un ou deux traits sur son bloc-notes. Lyle avait envie d'une boisson glacée. Il mourait d'envie de boire quelque chose de froid depuis qu'il avait quitté l'Exchange. Kinnear raya autre chose, cette fois avec une petite enjolivure au stylo-bille.

— Ou bien encore, reprit-il, George arrive à la corbeille. Il a dans une poche un explosif miniaturisé, qui comprend un détonateur et un récepteur. Il se l'est procuré avec l'aide et l'encouragement de sa maîtresse, Marina Ramirez, et ce n'est pas plus gros qu'un paquet de dix lames de rasoir. Le plan est simple. Laisser l'engin dans un casier à messages, à l'un des postes. Franchir d'un pas désinvolte la grande porte du numéro 11 de Wall Street. Monter dans la Volkswagen qui attend et se rendre, avec Marina, à huit cents mètres de là. Activer le détonateur grâce à un émetteur radio installé dans la voiture. Explosion, mort, chaos. Que se passe-t-il vraiment si George est suivi jusqu'à la corbeille par Rafael Vilar, un homme que George a rencontré une demi-douzaine de fois à divers endroits, un genre de personnage marginal, vu pour la dernière fois à Lake Placid, où il a passé un week-end entier à loucher, langue pendante, sur Rosemary Moore. Il apparaît que Vilar est à la solde de la police. Ou mieux, un extrémiste qui a viré. Naturellement, il fait échouer l'entreprise. Le reste, vous le savez plus ou moins. Une lutte. Un ou deux coups de feu. George tué. Vilar en détention provisoire, afin de sauvegarder l'intégrité de son rôle, avant sa disparition au nord de la frontière. Reconnaissons que c'est le scénario le moins crédible. Les motivations de George, tout d'abord, sont inconnues. Force nous est de supposer que Marina était le principe activant. La passion pour Marina, et cetera et cetera, le disposait à s'incliner. Il avait été transféré, voyez-vous, de Rosemary à Marina. Une sorte de promotion, avec toutes les responsabilités et les risques afférents.

— Luis Ramirez existe-t-il dans ce scénario ?

— Il n'y entre pas, non. Mais je ne dirais pas qu'il n'existe pas.

— Marina est-elle mariée avec lui ?

— C'est possible ; je n'en sais rien.

— Est-elle liée à Vilar ?

— Absolument pas.

— Dans ce scénario.

— Ou bien, dit Kinnear, Vilar, dans sa ferveur révolutionnaire, décide que l'heure est venue de faire un geste ultime. Il donnera sa vie pour la cause. Parfaitement dans le ton. Vilar a toujours eu des tendances. L'homme de droite tue son propre chef. L'homme de gauche se tue. En emportant avec lui autant de gens qu'il pourra dans un secteur donné. Dans ce cas, superbe coup sadomasochiste. La moitié de l'Exchange saute avec lui. Ce scénario, dans ses aspects superficiels, est le scénario numéro un, moins la minuterie. George échoue, et cetera.

— Je pense qu'il doit exister, en dehors de la ferveur révolutionnaire, une autre raison à son suicide.

— Vérifiez cela auprès de Marina.

— La bombe qu'on a trouvée sur Vilar avait-elle vraiment une minuterie ?

— Aucune idée, dit Kinnear.

— Les journaux ont dû le dire. Mais je ne m'en souviens pas.

— Ne me le demandez pas, Lyle. C'est vous qui étiez là-bas.

— J'y étais, c'est vrai.

— Avec votre complet bien repassé.

Marina le conduisit à un autre métro, cette fois. Elle portait des vêtements flottants, tachés de peinture et de vernis. Il la regarda extirper une cigarette abîmée du paquet calé dans sa poche de pantalon, complètement tordue sur le côté, tout en conduisant dans la circulation très dense. Vengeresse, songea-t-il. Elle devait être du genre à se consacrer totalement à obtenir satisfaction pour un quelconque préjudice. Elle devait faire jouer les niveaux personnels, en dépit des amples références aux mouvements et aux systèmes. Sans doute était-ce au cœur de sa vie la volonté de tout régler, impérativement. Les passions coercitives avaient parfois en elles un élément stabilisateur. Se venger, en un sens, consistait simplement à égaliser, à rechercher un équilibre nécessaire. Cela impliquait de la préméditation, une précision de balance. Lyle la regarda approcher une allumette de la cigarette tordue. Jamais il ne s'était senti aussi *intelligent*.

Elle se gara près de la station.

— Que vous a dit J. ?

— Il y a une infiltration.

— Nous le croyons.

— Oui, une impression, m'a-t-il dit.

— Savez-vous qu'il se teint les cheveux ?

— J'adore cela.

— C'est le genre où la couleur change peu à peu, un peu tous les jours. Et puis on retouche.

— On rince le gris.

— Il était conseiller, reprit-elle. Que savez-vous de cela ?

— Rien.

— Il était conseiller auprès d'un groupe quelque part dans les montagnes, à l'ouest. Des sessions de groupe.

— Rencontre.

— Rencontre, dit-elle. C'était manifestement cela. Il dirigeait des sessions. Ils trouvaient tous Dieu, et cetera.

— C'est là qu'Il vit, vous savez. Dans les montagnes.

— Que pouvez-vous ajouter à cela ?

— Rien.

— Rien sur un enlèvement ? Quand il faisait partie d'un groupe à La Nouvelle-Orléans ?

— Non.

— Mais il vous a dit de quoi nous discutions.

— Désinformation.

— Si vous recevez un coup de fil et que vous entendez ma voix, et si je marmonne que j'ai dû me tromper de numéro, puis que je vous dise le numéro que j'avais l'intention d'appeler, notez et retenez les premier, troisième, quatrième, cinquième et septième chiffres. Vous recevrez un autre appel plus tard.

— Premier, troisième, quatrième, cinquième, septième.

— Le reste est du remplissage.

Il se rendit ensuite à Centre Street. Le tribunal de nuit était rempli de policiers en uniforme et en civil qui occupaient les premiers rangs, et d'une soixantaine d'autres personnes, appartenant aux familles des accusés et des victimes, dispersées ailleurs. Il n'y avait pas de juge pour le moment. Lyle observa un avocat de l'assistance judiciaire, une jeune femme en sweat-shirt à la mémoire de J. Edgar Hoover. Elle parlait à des gens assis dans la salle et à d'autres groupés dans les allées, des avocats kafkaïens, fouilleurs d'ordures. Un juge entra, et les gens commencèrent à prendre diverses attitudes. A mesure que les affaires étaient exposées, on sentait ces hommes et ces femmes se tendre pour comprendre ce qui se passait – quelles forces exactement avaient causé cette cruauté et cette destruction. Un flic se retourna sur son siège en bâillant. L'heure qu'avait mentionnée Kinnear était largement passée. Lyle regarda la femme converser avec trois hommes noirs, dans un coin éloigné de la pièce. Ils n'avaient guère plus de vingt ans, l'un d'eux était en fauteuil roulant. Lyle attendit encore une demi-heure, entouré de voix qui semblaient produites par une machine, une sorte de régulateur de destinées défectueuses.

Rentré chez lui, il but deux verres d'eau glacée. Il commençait à composer le numéro de McKechnie, quand il se souvint que la femme de Frank était malade, que l'aîné de ses enfants se comportait bizarrement, qu'il y avait des problèmes, des problèmes. Il ferma toutes les fenêtres, et alluma la climatisation et la télévision dans la chambre. Toutes les lumières étaient éteintes. Il fuma en regardant un film sur le soufflage du verre, accompagné d'une musique guillerette, et il tenta d'imaginer ce que pouvait dire ou faire Kinnear en ce moment même, ce qu'il ferait demain, qui il appellerait, où il irait, et comment. Kinnear était difficile à cadrer dans un contexte imaginaire. Lyle ne pouvait pas le situer, ni lui inventer de types de compagnons, ni même se représenter sa vraie couleur de cheveux. Il occupait un espace replié sur lui-même, un niveau spécial d'exclusion. Au-delà de ce qu'avait vu et entendu Lyle, Kinnear échappait à tout mode d'existence.

Lyle changea de chaîne, passant à un film sur un homme soupçonné d'escroquerie. L'épouse du type, personnage mineur, portait des chemisiers décolletés. Elle avait les lèvres violemment fardées, et sortait sans cesse des cigarettes d'un coffret en argent sur le couvercle duquel elle les tapotait ensuite, totalement indifférente au crime de son mari. Le sexy démodé enchantait Lyle. Il continua à regarder le film, si mauvais qu'il fût, en attendant d'apercevoir la femme, avec son chemisier décolleté. Quand le film fut terminé, il commença à changer de chaîne toutes les dix ou quinze secondes, en buvant du scotch. A trois heures du matin, il appela Pammy à Deer Isle.

— Ethan, c'est Lyle.

— Bon Dieu, mon vieux.

— Ne me dis pas que je t'ai réveillé. Je ne t'ai pas réveillé.

— Je lisais.

— C'est New York au téléphone.

— Au coin du feu, dit-il. Je faisais semblant de lire au coin du feu.

— La ville est en état de panique naissante. Invasion d'étranges créatures. Des objets flottent dans l'air pendant que je te parle.

— Tu n'imagines pas à quel point ce n'est pas drôle.

— En fait, je crois que si.

— Jack jure qu'il a vu un OVNI ce soir. Naturellement, nous avons manifesté un léger scepticisme. Eh bien, cela l'a contrarié. Personne ne croit à son histoire.

— Il ne voulait plus finir ses légumes.

— Il est allé se coucher sans son pingouin Calder.

— Elle n'est pas couchée ?

— Je vais la chercher, dit Ethan.

Lyle se détourna pour regarder la télévision.

— Alors c'était toi, dit-elle. Tu aimes réveiller les gens. Comment vas-tu ?

— Tu t'amuses ?

— C'est un endroit formidable. Evidemment, je suis obligée de le dire – il est à deux mètres de moi. Mais c'est vrai, c'est absolument formidable. Un peu froid le soir, je dirais. Oui, un peu frisquet. Disons que je suis mortellement glacée. Mais nous faisons face avec dignité. Comment vas-tu ?

— La ville est en état de panique naissante.

— Je ne veux pas en entendre parler.

— Alors comment est-ce, des arbres ?

— Nous sommes allés à un endroit génial, aujourd'hui. Du tissage, ils faisaient du tissage, du patchwork, de la poterie. Le grand jeu, tu vois ? Je fais semblant d'adorer ça – il est à trois pas. Non, sérieusement, tu as déjà vu souffler du verre ?

— Non, raconte.

— Bon, d'accord, c'est un peu rasant. Non, ce ne l'est pas, je taquinais Ethan. Ecoute, je vais réveiller Jack. S'il est encore ici. Tu peux lui parler. S'il n'a pas été enlevé dans une petite capsule verte.

— J'ai appris cela.

— Nous allons en faire toute une histoire. Je vais chercher Jack.

Ils parlèrent encore un peu. Elle n'alla pas chercher Jack. Après avoir raccroché, il regarda la télévision. A mesure que le temps passait, il lui devenait de plus en plus difficile d'éteindre l'appareil. Il savait qu'une immense dépression l'envahirait entre le moment où il tournerait le bouton et celui où il s'endormirait enfin. Il y aurait une période de flottement. Il ne parviendrait pas à s'endormir aussitôt. Il y aurait un vide à remplir. Cela demandait un prodigieux effort, d'éteindre la télévision. Il était là, dans la lumière implosante. La pièce qu'il occupait devenait momentanément étrangère. Il allait devoir la réapprendre. Mais ce n'était pas aussi terrible qu'il l'avait craint. Ce ne fut qu'une dépression de routine, et dans l'heure qui suivit il s'endormit.

4

Rosemary était à sa table, et triait le courrier. Cet environnement n'avait plus aucun sens. Il l'avait vue en caraco, en petite culotte, nue. Il s'était posté sur le seuil de la salle de bains et l'avait regardée s'habiller, énumération de vérités érotiques, jusqu'au moment où elle l'avait repéré et s'était retournée, un instant déséquilibrée, pour fermer la porte avec son coude. L'observant à sa table, pour passer le temps, il s'émerveilla de l'aise avec laquelle ils se glissaient dans les niches de décorum. Les gens doivent être des espions naturels. Le bureau, le tapis, tout était absurde. Son coupe-papier, qui taillait comme un rasoir. Son intonation à lui.

Il l'attendit devant chez elle après le travail. Il entra avec elle, et ils passèrent plusieurs heures à boire. Il lui tenait la main, et lui posait de temps en temps les lèvres sur le bout des doigts. Il se rendit compte qu'il s'attendrissait.

Dans la cuisine, il regarda encore la photo d'elle avec Sedbauer et Vilar. Il examina le visage de Vilar, luisant et maigre, le front haut et la mâchoire serrée. Il entendit dans la chambre les vêtements de Rosemary qui se défaisaient.

Recroquevillée sur elle-même elle attendait, vide animal, corps blanc, immobilité profonde, cette chose qu'il essayait d'agripper et de manger. Il n'allait pas la bousculer vers une immense baisade frémissante ni se rappeler le contact de ses mains à la fin d'un après-midi passif, quelques mois plus tard, tel un bateau en papier, tandis que son âme flotterait au-delà de la corbeille. Elle s'étira. Il voyait ses seins à présent, son visage et son cou, ses bras et ses petites mains à demi repliées, et le drap froissé entre ses cuisses. Il n'avait encore jamais vu comme un corps de femme différait du sien propre. Ce fait, pour quelque raison, lui avait été dissimulé. Suis-je ivre, se demanda-t-il. Allongée, elle paraissait énorme, disproportionnée par rapport au petit lit. C'était bon, c'était bien, l'immobilité profonde, le vide organique. Sa respiration causait une cadence perceptible, un soulèvement périodique du corps, suivi d'un affaissement, métronome de sa concupiscence calculée. Les pieds légèrement mal formés. Des petites bosses, des pointes de chair en bordure de ses mamelons. Il se dévêtit lentement, sachant que ni l'un ni l'autre n'atteindrait cet instant d'épanouissement laborieux, n'aurait cette respiration nasale et sifflante, ne crierait un nom, toute perspective effacée de leurs visages. Elle lui toucha les côtes, là où une mouche s'était posée. Ce geste automatique la révéla brièvement. Dans une brume il comprit enfin. Mais quoi ? Comprit enfin quoi ? La mouche se posa sur un rebord de fenêtre. Il la regarda, s'efforçant de retracer la continuité avec l'énorme corps sur le lit, la structure d'os et de muscle d'un rêve. Il y avait des veines pâles sur sa jambe, des lignes de bronzage et des indentations naturelles. Les genoux relevés, la tête rejetée par-dessus la courbe de l'oreiller, on aurait dit qu'elle cédait à demi, ou qu'elle se défendait à demi contre un amant maladroit. Il rampa, rampa littéralement entre ses jambes. Puis il posa ses avant-bras sur les genoux relevés de Rosemary et contempla l'infime pulsation de sa gorge.

— Parle-moi encore de George, dit-il. Que faisait-il, en plus de te faire rire ?

Il traversa la rue et entra dans la confiserie-tabac du 77 de Water Street, avec la marquise rouge et jaune, modeste note au pied de la masse d'acier et d'aluminium anodisé. Il y avait du gris partout, une humidité suspendue, une journée de la couleur du quartier même. Il acheta des cigarettes et du chewing-gum, puis il s'arrêta sur le seuil de l'échoppe, sous la masse du gratte-ciel, et décortiqua une tablette de chewing-gum, l'oreille à l'affût des cornes de brume, un son qu'il associait à des villes étrangères et à des aventures avec des femmes mariées. Il ne lui fallut pas longtemps pour se rendre compte qu'on le dévisageait. Un homme près de l'entrée de l'immeuble. Veste sport à carreaux, cravate unie. Lyle eut l'impression que l'homme voulait qu'il s'approche. C'était un homme trapu au visage encore gamin, la mâchoire figée, avec des mèches bouclées qui lui retombaient sur le front. Lyle décida de partir dans la direction opposée. Deux rues plus loin, l'homme le rejoignit. Lyle s'arrêta, en attendant que le feu passe au rouge. L'homme le regarda encore, dans l'intention visible de lui communiquer une information tacite, un lien ou un message qu'il s'attendait à voir Lyle percevoir. Ils parcoururent encore une cinquantaine de mètres. Un peu plus loin, deux femmes brandirent leurs parapluies simultanément.

— Vous êtes l'ami de McKechnie, n'est-ce pas ?

— La vie est-elle aussi simple ? répliqua l'homme.

— J'attendais que vous me contactiez. J'ai parlé de la situation à Frank McKechnie. De ce que savaient certaines personnes. Frank en a parlé à quelqu'un pour qu'il transmette. Je pensais que vous me contacteriez bien plus tôt. En attendant, j'ai décidé de découvrir tout ce que je pourrais.

— C'était frappant, Lyle.

— Comment vous appelez-vous ?

— Burks.

— Burks, votre intonation n'est pas très encourageante.

— Nous faisons ce que nous pouvons.

— Ils ont des contacts sur la côte Ouest. Je le sais. Ils utilisent des plaques d'immatriculation de l'Ohio, tout au moins en ce moment. Je connais le numéro, si vous le voulez. Une Volkswagen verte, mais vous le savez peut-être déjà ?

— Que pouvez-vous nous dire sur A. J. Kinnear ?

— C'est J. Kinnear, en ce moment.

— Nous avons A. J.

— C'est juste J., maintenant.

— Juste J., répéta Burks.

— Je ne sais pas combien de gens sont impliqués. S'ils ont des unités ou des équipes ou je ne sais quoi, je ne pourrais pas vous dire comment ils sont organisés. Kinnear est un individu complexe, à mon avis. Ils sont dans le Queens. Je connais le nom de la rue et le numéro de la maison.

— Est-ce que Kinnear est grand, petit, ou quoi ?

Ils parcoururent les rues proches du fleuve. Lyle décrivit Kinnear, parlant avec lenteur et écoutant intensément, pour retenir ses propres observations et ce que répondait

Burks. On aurait dit une conversation avec un médecin révélant des résultats de tests essentiels. Questions et réponses flottaient de l'un à l'autre. La vie paraissait suspendue à la syntaxe, à une inflexion, à des points de grammaire. Il lui sembla entendre Burks parler d'empreinte vocale, mais il n'était pas sûr du contexte, si cela s'appliquait à Kinnear ou non. C'était aussi un peu comme ses premières conversations avec Rosemary Moore, des photos de sa propre bouche, le sentiment que les propos de Rosemary lui échappaient non seulement lorsqu'elle les prononçait, mais plus tard également, lorsqu'il tentait de se remémorer les détails de chaque rencontre. Il vit une péniche dans la brume, peut-être au milieu du fleuve, qui glissait vers le port. Les chaussures de Burks brillaient. Il était jeune, certainement plus jeune que Lyle.

— Ils vont sans doute tenter un nouveau coup contre l'Exchange.

— Cela nous intéresserait.

— Quoi d'autre ?

— Quoi d'autre – comment cela ?

— Y a-t-il autre chose que vous souhaitiez savoir ? insista Lyle. Ils ont un sous-sol rempli d'armes récupérées. Je peux vous les décrire, si vous voulez. J'ai cette particularité exaspérante.

— Comment cela ?

— Une tendance maniaque à accumuler des renseignements.

— Ce doit être éreintant.

— L'intonation, dit Lyle.

— Je t'emmerde, brimborion.

— Etes-vous l'ami de McKechnie, oui ou non ?

— Vous avez parlé à McKechnie. Il a dit qu'il parlerait à l'un de ses amis. Si vous voulez croire que ma présence ici résulte directement de la communication de

McKechnie, libre à vous, Lyle. Mais il y a une question que j'aimerais vous poser.

— Laquelle ?

— La vie est-elle aussi simple ?

— Charmant.

— Nous faisons ce que nous pouvons.

— Non, très bien, vraiment, j'aime beaucoup.

— Tant mieux, Lyle.

— Que pouvez-vous me dire sur Vilar ?

— Je peux vous dire de manger de la merde en bâton, dit Burks.

Encore un gars débarqué tout droit de Forham ou de Marquette. Etudes de langues et d'histoire. Sports de salle. Vénération des jésuites pour leur sophistication et leurs talents d'analyse. Votant pour les modérés d'un parti ou de l'autre. Sachant étrangler un berger allemand avec les perles d'un chapelet.

Lyle traversa le bas de la ville vers des quartiers plus animés. Il commençait à faire sombre. Il se déporta sur le côté pour éviter des gens qui descendaient d'un bus. L'un d'eux l'effleura brièvement, tendant le bras pour se protéger d'une collision, un moustachu aux cheveux raides qui marmonnait quelque chose, la tête encombrante et massive. Garde tes distances, mon vieux. Tout en marchant, Lyle cherchait des yeux un téléphone public. Il se mit à pleuvoir fort, et les rues se vidèrent peu à peu. Ne porte pas la main sur les honnêtes gens. Il trouva un bar, commanda une consommation, et alla téléphoner. L'une des filles de McKechnie décrocha, et annonça qu'elle allait chercher son père.

— Cet ami à toi.

— Eh bien ?

— Burks, dit Lyle. C'est bien son nom ?

— Non.

— Appelle-le, Frank, et demande-lui s'il sait qui est Burks.

— J'ai déjà appelé.

— Tu peux faire cela.

— J'ai déjà appelé. C'est terminé.

— Appelle-le. Je te rappelle tout de suite.

— Mais oui, rappelle-moi tout de suite.

— Je te rappelle dans un quart d'heure.

— Okay, Lyle, appelle. Quand tu veux.

Il retourna au bar et prit son verre. Il y avait un homme près de lui, sur des béquilles, presque une épave, semblait-il. Ce n'était pas un endroit bien reluisant. Deux vieilles femmes étaient assises à l'extrémité du comptoir, et partageaient une cigarette. Lyle termina son verre. Il était trop tôt pour rappeler McKechnie. Il commanda un second scotch et retourna à la cabine pour appeler Kinnear, mais il s'aperçut avec une extrême surprise qu'il ne savait pas comment le joindre. Il devait figurer sous un autre nom dans l'annuaire, évidemment, et Lyle n'avait jamais songé à vérifier le numéro de téléphone de la maison de Queens. Bête, très bête. En regagnant le bar, il vit quelqu'un passer devant la porte, se hâtant sous la pluie, un homme qui tenait un journal au-dessus de sa tête. Brève apparition de la moustache du gars. Un peu plus tard, une femme entra et salua l'homme aux béquilles, en lui demandant ce qui s'était passé.

— Je m'ai fait écraser par un auto-école.

— Tu lui as fait des emmerdes ?

— Quelles emmerdes ? dit-il. J'étais à deux doigts de mourir.

— Tu pourrais toucher, Mikey. Les gens le font. Tu pourrais te faire une jolie petite pelote.

— Je voyais des anges.

Ou bien une maîtrise d'économie, songea-t-il. Les titres éclatants des grandes universités. Tête carrée, cheveux raides. Autour d'une étude sur les règlements commerciaux en Europe centrale. Il fait des pompes sur les phalanges.

Lyle descendit Nassau Street. Le quartier financier était un secteur verrouillé. A travers des épaisseurs ondulantes de pluie, c'était ainsi qu'il le voyait pour la première fois. Coupé du reste de la ville comme la ville elle-même avait été conçue de manière à dissimuler ce qui l'entourait, assentiment d'une terre rude à la banale décomposition. Le quartier croissait sans cesse plus sur lui-même, théologie occulte de l'argent, qui se répandait toujours plus profondément dans son marbre veiné. Des directeurs de services accumulaient et entassaient. Des ingénieurs shampouinaient les souterrains. Dans la crypte la plus secrète pouvait s'entendre le pouls d'amplitude de l'histoire, un rite et un système voués à évacuer les preuves des sens de l'homme. Il quitta l'abri d'une porte et fit signe au premier taxi qu'il vit, avec le sentiment d'être redevenu intelligent.

A peine arrivé chez lui, il reçut un coup de téléphone de Kinnear. Tout en tenant l'appareil, il se concentrait intensément, déterminé à comprendre ce qui était dit, les implications, les zones d'ombre, tous les éventails de subtilités qui pouvaient être contenus dans les modulations de la voix de J.

— Je ne suis pas où je suis d'habitude.

— Bien.

— Je vais être en déplacement – disons indéfiniment.

— Avant cela, il s'est passé quelque chose. J'ai parlé avec un certain Burks, si vous connaissez ce nom. Il m'a posé des questions sur vous.

— Rien de surprenant à cela.

— Savez-vous qui c'est ?

— Il se peut que j'aie parlé au téléphone avec lui. J'ai parlé à plusieurs d'entre eux. On ne m'a pas donné de noms. J'avais un numéro à composer. Nous parlions uniquement par téléphone.

— Je lui ai dit tout ce que je sais.

5

Ils parlèrent un moment du coucher de soleil, installés sur la terrasse avec une provision d'amuse-gueule, de verres et de bouteilles. Il était mieux que celui de la veille, mais il lui manquait aux yeux d'Ethan les nuances mauves de celui de l'avant-veille. Ils rentrèrent ensuite dîner à l'intérieur, en mangeant lentement, dans un effort qu'ils n'avaient pas coordonné. Jack se plaignit qu'ils parlaient de nourriture quand ils mangeaient, qu'ils parlaient de couchers de soleil quand ils en regardaient un, et le tout à l'avenant. Cela commençait à l'exaspérer, dit-il. Il prenait sa voix hystérique, ce geignement exacerbé d'insatisfaction urbaine. Ils s'installèrent devant le feu après le dîner, en feuilletant des revues. Jack trouva un *New York Times* vieux de six mois, et lut à voix haute une liste de restaurants cités pour leur mépris des règlements d'hygiène, en psalmodiant la litanie des noms et des adresses.

— Nous allons manquer de bois, déclara Ethan.

— De bois.

— Qu'on apporte du bois.

— Bois, dit Jack.

— Dedans apporter, dit Pammy. Mettre tas.

— Bois, bois.

— Feu venir, dit-elle. Faire gros pour chaleur le corps.

Le lendemain matin, ils partirent en voiture et parcoururent la digue, les cheveux aplatis par le vent, puis franchirent le pont qui reliait l'île à la terre ferme. Le ciel était partout. Assise derrière les deux hommes, Pammy souriait au dos de leurs têtes. Le climat avait donné aux maisons une seconde vie, plus profonde, plus intime, une beauté adroitement dépouillée, qui avait été gagnée. Des rochers dans les champs bruns. Les gamins allaient à vélo, nu-pieds. Elle cherchait attentivement des traces d'eau, avide d'en être surprise, de la voir apparaître soudain, une avenue de bleu dur entre les bosquets de pins, avec des rebonds de lumière à la surface. Les gamins à vélo étaient blonds et maigres, pas tout à fait bien nourris, quelque chose de perçant, lui semblait-il, dans leur manière de lui rendre son sourire, fixant sur la voiture et ses occupants un regard dur, aiguisé au soleil.

A Blue Hill, ils allèrent voir un couple marié qu'Ethan connaissait, trois enfants, un chien. Au moment de partir, Jack et elle attendirent près de la voiture tandis qu'Ethan prolongeait les adieux avec ses amis. Jack la dévisageait.

— Je ne suis pas vraiment homosexuel, dit-il.

— Puisque tu le dis, Jack.

— Je ne le suis pas, c'est vrai.

— C'est ton corps, et ton cerveau.

— Je dois bien le savoir, quand même ?

En fin d'après-midi, elle sortit de la douche et sentit une douleur, une pression momentanée, sur le côté de sa tête. Elle allait mourir dans les semaines à venir. On la forcerait à subir une série d'examens abominables mais les résultats seraient à chaque fois les mêmes. Elle se sentait déprimée, roulée dans une serviette, à sécher lentement sur pied, mourante. Gâchis. Quel gâchis. Elle était terriblement navrée pour Lyle. Cela aurait été tellement plus facile à accepter si elle n'avait laissé personne derrière elle. Pas de gosses, Dieu merci. Elle s'habilla et sortit.

Après le dîner, ils emportèrent ce qui restait de vin sur la terrasse, avec une bouteille de brandy. C'était la nuit la plus douce qu'ils aient eue jusque-là. Jack ne tenait pas en place, et il décida d'aller porter les ordures à la décharge, au lieu d'attendre le matin.

— Il a raison, dit Ethan. Nous semblons incapables de rien faire sans en parler en même temps.

— En vacances, dit-elle, c'est ce que font les gens.

— Je ne m'étais pas rendu compte que nous le faisions à ce point-là.

— Ta bouche d'Allemand est tellement grave.

— Peut-être est-ce le sens secret des lieux nouveaux.

— Comment cela ?

— Chut, j'y réfléchis.

— Je ne veux rien entendre.

— Il s'agit de la conscience de soi, dit-il. Je te donnerai la suite plus tard.

— Dieu, les étoiles.

— Puis tout devient clair. Cela n'est pas sans rapport non plus.

— Regarde-les, des millions.

— C'est ce que je fais.

— Parle-m'en, demanda-t-elle. Vite, avant que Jack ne revienne.

Beaucoup plus tard, il y eut de longs silences entre des périodes de conversation. Jack apporta des chandails supplémentaires, puis trois couvertures. Quand le vent bousculait les cimes d'arbres, Pammy avait du mal à comprendre le son des premiers stades, cette insistance constructrice des vagues.

Plus tard encore, dans la parfaite interpénétration du vin et de l'air nocturne, elle flotta dans une région plus agréable, un non-espace, en fait, où régnait un calme immaculé. Entre des moments de somnolence, elle sentait son esprit bien vivant dans le froid vif. Une clarté parcourait chaque remarque isolée. Quand Ethan eut un rire bref, une sorte de grommellement idiot, elle sentit qu'elle savait quel infime incident neural avait causé ce son. La nuit baignait dans un ordre total.

Elle se sentit ensuite léthargique et assommée. Elle aurait voulu être au lit, mais n'avait pas la volonté de se lever et de rentrer. Elle sombrait sans cesse dans une phase de sommeil instable. Son coude glissa de l'accoudoir, la réveillant brutalement. Ensuite, tout fut différent, une lutte.

— Dieu, les étoiles, articula Jack.

Pam s'aperçut brusquement qu'Ethan parlait rarement à Jack. Il s'adressait à Jack en parlant de meubles, de films, du temps. Cela, et en plus à la troisième personne. Il disait à Pammy des choses destinées à Jack. Il lui arrivait de lire à voix haute un passage d'un article, ou de répéter une expression prononcée par un journaliste de télévision, d'une certaine manière – destinée à Jack, un fragment de parabole. Cela lui paraissait moins révélateur des deux hommes en question que, d'une manière générale, des gens vivant ensemble, avec leurs lésions de langage et de comportement. Pammy et Lyle avaient leurs propres caractéristiques, bien sûr. Pammy et Lyle, songea-t-elle. On dirait une *pom-pom girl* et un étudiant en physique. Ou des chimpanzés. Des noms de chimpanzés qui apprennent le langage avec des disques multicolores. Elle but encore du vin, tout en regardant Ethan faire une série de gestes préliminaires avec la main.

— Les lieux nouveaux, quand ils sont vraiment tout neufs, développent la conscience de soi. Ce peut être dangereux.

— Je veux mon sac de couchage, dit Jack.

— Tout cela vous étincelle dans les yeux. C'est comme un miroir, en fin de compte. On se retrouve avec soi-même, moins toutes les formes extérieures familières, les pièges et les entourages. C'est trop nouveau, c'est effrayant. On reçoit trop de feed-back qui n'a pas été prédéterminé.

— Je veux dormir dehors, dit Jack. L'air, le vent.

— La peur est une intense conscience de soi.

— Comme tout à l'heure, suggéra Pammy, quand j'ai cru que j'avais quelque chose, j'ai pensé moi, moi, ma chair, l'intérieur de mon corps. Mais il est plus facile de mourir seul. Des gosses, laisse tomber.

— Le sol, dit Jack. Sommeil, terre, créature.

Ethan fit courir son index le long de sa gorge, songeusement, jusqu'à la pointe de son menton, à plusieurs reprises – indication de commentaires ironiques en perspective, ou peut-être de pseudo-sagesse, ou même d'autobiographie, ce qui, dans le cadre de ses plans obliques, était en soi d'une ironie délibérée. Ils attendaient tous deux. C'était le milieu de la nuit. L'eau se resserrait autour des rochers à proximité du rivage, distinctement, trouvant des voies.

— Vous là.

Jack rentra, et reparut avec un sac de couchage qu'il jeta sur le sol de la terrasse. Tout se déroulait lentement, à présent. Jack fit le tour de la terrasse en allumant des bougies. Jack avançait en imitant le pas du tigre. Pammy se rendit compte qu'il avait fini par se rasseoir. Ils burent un moment en silence.

— J'ai le menton un peu en galoche, dit-elle.

Ils semblèrent en rire.

— Non, vraiment, les gars, j'ai le menton un peu en galoche. Mais ça va. C'est, et puis quoi, pas de problème, tant que j'accepte.

— Pam-miie.

— Bon, tu sais, et alors ? Quand on pense aux autres, ce qu'ils sont obligés d'accepter, des trucs standards. Et c'est léger, cela se remarque à peine, je le sais. Alors on accepte. Et on vit. On vit simplement le quotidien.

— Elle ne va pas rendre tripes et boyaux.

— Sinon, c'est ton sac de couchage qui prend le plus gros.

— Pitié.

— Bêêêê, dit-elle.

Pammy et Jack entamèrent alors une séquence de folle gaieté. Tout était drôle. Elle se sentait la tête légère, et jamais mieux éveillée. Où était donc Ethan ? Elle se tourna pour voir son profil, partiellement enseveli dans la couverture, grave et théâtral. Ce serait bientôt l'aube, d'ici une heure ou deux, mais quelque part derrière eux, malheureusement. La voix de Jack se fit sèche, acérée. Ce fut l'unique son pendant quelque temps. Il marquait une pause entre chaque remarque, pour l'effet. Et elle riait à tout ce qu'il disait. C'était comique, ce Jack prosaïque. Elle commença à rire à la fin de ses pauses, par anticipation. Il y eut un moment de silence. Une couleur d'extrême douceur s'insinua dans la conscience de Pammy, quelque chose découpé de la nuit, une lueur de la résolution la plus infime, comme si la nuit même s'était divisée en éléments optiques actifs.

— Vous alors, articula Ethan.

Les autres se mirent à rire.

— Ce que vous ignorez représente tout un univers de choses. Qui vous est passé au ras du nez. Ce doit être un néant absolu, de vivre sans les références, même si je doute que vous le connaissiez seulement, cet espace vide. Je parle d'un Pete Smith Specialty. Imaginez-vous seulement ce que cela évoque ? Aucune idée, n'est-ce pas ? Ce que cela signifie quand deux personnes pourraient se rencontrer sans se connaître, et puis prendre conscience de cette association dans leur passé, cette petite chose magnifiée, la sottise totale d'un Pete Smith Specialty, cette voix du narrateur, ou des enregistrements de Sin Killer Griffin effectués dans une prison texane. Vous avez manqué cela, voyez-vous. Parce qu'en ce temps-là il n'y avait pas cette affaire de *Zeitgeist* du Mois. C'était tout d'une pièce, et vous l'avez totalement raté. *Pull My Daisy*, bon Dieu, il n'y a pas si longtemps, avec certains d'entre eux qui sont encore là, mais vous n'en savez rien, néant total. *Pull My Daisy* au YMCA de la Quatre-Vingt-Douzième. Ou lord Buckley faisant *The Naz*. Pas idée de quoi je parle, hein ? Vous avez raté les références. Vous avez raté les clubs de Greenwich Village. Toute la vie sur place. Le socle, le vrai socle. Vous ne savez pas, voyez-vous, ce que vous ne savez pas, c'est que toutes vos attitudes proviennent de ces choses, qui étaient la base, le roc solide. Quoi d'autre, qui d'autre puis-je mentionner ? *The Naz*, je l'ai dit. Savez-vous comment *The Lone Ranger* a trouvé Silver ?

Pammy devint encore plus gaie. Jack disposa son sac de couchage sur toute la longueur d'une chaise longue et se glissa à l'intérieur. le contour des petites îles commençait à se dessiner. Ethan traversa la terrasse et ouvrit la porte coulissante.

Plus tard, Jack ôta son chandail en se tortillant. Un bateau de pêche au homard apparut à la pointe sud d'une des îles. Pammy entendit la première mouette. Il flottait une présence animale dans l'air, une agrégation d'appétits.

Il faisait un peu plus chaud, à présent. Elle vit la chemise de Jack par terre. Des choses attiraient constamment son regard, surtout des oiseaux, un petit bateau de temps en temps, et puis un phoque près du rivage, sa tête luisante disparaissant et reparaissant. Les jumelles étaient à l'intérieur.

— Bon, combien d'amis homosexuels ai-je ?

— Quoi ? dit-elle.

— Des amis homosexuels.

— Combien en faut-il ?

— Tu as bien dû remarquer qu'aucun de mes vrais amis n'est homosexuel. Certains, peut-être, que j'ai perdus de vue, mais Ethan reste persuadé qu'ils traînent dans le hall de notre immeuble et sur le toit. Presque plus personne.

— Je croyais qu'il suffisait d'un seul.

— Ce sont mon esprit et mon corps.

— Ah, voilà un point sur lequel nous sommes d'accord.

Elle se força à émerger de la couverture et se lever de son fauteuil, tout endolorie. Elle rentra dans la maison, trouva les jumelles, et ressortit sur la terrasse pour observer le phoque.

— Je me vois faire beaucoup de voyages dans le proche avenir, reprit Jack. Juste d'un endroit à l'autre. Une existence sans surveillance. C'est ce que j'aurais dû faire depuis longtemps. Je ne veux plus être coincé. Plus dans un seul endroit, plus dans un seul mode de vie.

— Il est venu ici parce qu'il pensait que tu en avais envie.

— Il s'est trompé.

— Je crois qu'il est même disposé à y vivre de manière plus ou moins permanente, bien que je ne voie vraiment pas comment il envisage de tenir financièrement.

— Qu'est-ce que tu regardes pendant que je te parle ? C'est incroyable, Pam, je te déballe ma vie, et te voilà avec ces jumelles, complètement ailleurs.

— C'est le phoque, sauf qu'il est parti, je crois.

— Le phoque, encore ? Il est là ?

— Le phoque est revenu, sauf qu'il est reparti derrière cette courbe, je crois.

— Et sauf que ce n'est pas un phoque, dit-il. C'est un homme-grenouille qui nous espionne.

Elle tremblait un peu dans le lit, recroquevillée le plus loin possible de la source de lumière, en essayant de se convaincre qu'elle allait s'endormir d'un instant à l'autre. des moments et des épisodes lui traversaient l'esprit.

Plus tard, elle se réveilla et entendit Ethan dans la cuisine, qui toussait bruyamment en expectorant, et puis qui crachait. Le lit était baigné de lumière. Elle repoussa les couvertures, le corps bien vivant sous un simple drap, se refusant à la chaleur complètement.

Depuis des années elle entendait les gens dire, toutes sortes de gens, vraiment, ici et là : “Fais ce que tu veux tant que personne n'en souffre.” Ils disaient : “Tant que les deux parties sont d'accord, fais ce qui te chante.” Ils disaient : “Si c'est bon, du moment que vous êtes tous deux d'accord pour le faire et que personne n'en pâtit, il n'y a aucune raison de ne pas le faire.” Ils disaient : “Tant que les deux sont d'accord et qu'ils en ont envie, peu importe qui ou quoi.” “Du moment que ça fait plaisir”, disaient-ils. Ils disaient : “Suis tes instincts, sois toi-même, réalise tes fantasmes.”

6

Lyle n'était pas venu depuis des années dans le quartier du Lower East Side, cette réserve ethnique, *les rues, les gens*, une histoire de souffrance sans faille. La voiture était garée dans une rue latérale, près de Manhattan Bridge. Marina se pencha en avant, les bras sur le volant, la tête appuyée là, les yeux rivés sur Lyle. Il faisait presque nuit. Cinq bouteilles, lancées d'un toit, heurtèrent le sol à dix secondes d'intervalle. Les yeux de Marina révélèrent un soupçon d'amusement.

— Un peu d'essence, et c'est un acte politique.

— Et là, qu'est-ce qu'on a ?

— Dommage simple à autrui, dit-elle.

— Qui est visé, je me demande.

— L'objectif, c'est la bouteille. Ils cassent la bouteille.

— C'est du zen, dit-il.

— Tout ce qui marche, on essaie.

— C'est la bouteille qui est l'objectif, mon pote.

— Alors, le zen, pourquoi pas ?

Marina devait être d'environ sept ans son aînée, estima Lyle, et aujourd'hui, pour la première fois, elle manifestait une envie d'être à l'aise, un peu moins rigoureuse dans ses convictions, ou en tout cas moins disposée à situer toute communication à l'intérieur d'une structure absolue.

— Où va aller J. ?

— Pas assez loin, répondit-elle. Ce n'est pas facile, de disparaître, quand vos planques et vos circuits précédents vous sont fermés. J. n'a pas d'argent. Il ne peut pas avoir d'amis, pas beaucoup, en tout cas, qui soient disposés à l'aider.

— Que se passe-t-il, discipline terroriste ?

Elle continua à le regarder bien en face, sans mot dire. Lyle fut déçu. Il avait tenté de lui faire parler des divers aspects de la situation de Kinnear, passée et présente. L'expérience, comme l'avait appelée J., n'était visiblement pas un cas d'infiltration au sens conventionnel. Cependant, Lyle supposait qu'il y avait eu un élément de préméditation. J. s'était implanté lui-même ; il avait infiltré, à un niveau conscient, longtemps avant de décider de contacter Burks ou l'organisme que représentait Burks. Ses révélations "sélectives" d'information ne faisaient que confirmer l'existence matérielle de l'espace qu'il avait choisi d'occuper, la géographie complexe, les points de confluence et de danger. Lyle trouvait ces spéculations absorbantes, et il comptait sur Marina pour fournir des données factuelles complétant sa vision. Ajuster des pièces humaines dans les vides du puzzle. Cette activité était passionnante. Il se pouvait que Kinnear eût été un agent en puissance pendant vingt ans. Il avait fonctionné simultanément à deux niveaux. En contrepoids. Sa vie était fondée sur des forces qui tendaient à produire un équilibre. Tout avait un effet retard. Il ne pouvait pas agir sans considérer la totalité des implications. Terminé. Effondré de l'intérieur. Peut-être avait-il intentionnellement travaillé à l'extrême limite.

— J. est-il homosexuel ?

Elle n'en savait rien.

— Est-il susceptible de se retourner totalement, et de signer sur la ligne en pointillés ?

Geste d'indifférence.

— Va-t-il se faire tuer, si et quand ?

— Oubliez toute notion de doute.

— Oui, il sera tué.

— Ce n'est pas une affaire urgente, dit-elle. Nous avons d'autres choses en tête.

Elle s'écarta du volant et se rapprocha de Lyle, maladroitement, sa jambe droite gâchant l'effet recherché, une intimité forcée, un échange d'engagements intenses. Finalement, elle posa ses deux mains sur le visage de Lyle. Le contact fut tel qu'il produisit un courant, une voie de réciprocité immédiate. Elle avait les yeux figés, un peu fous – l'effet contraire, là encore. C'était toujours intéressant, d'être, pour la première fois, touché par une femme dont on sait que l'esprit fonctionne suivant des lignes différentes des vôtres, qui vit sur une autre planète, totalement.

— Sommes-nous près de quelque chose ?

— Nous y arrivons, dit-elle.

— Avons-nous un Vilar ?

— Nous avons quelqu'un de décidé.

— Se pourrait-il qu'il reçoive ses instructions de votre frère ?

— C'est à vous de préparer.

— Parce que je détesterais que quelque chose explose avant le moment prévu.

— Vilar est en réclusion ultra-rigoureuse. Il a fait plusieurs tentatives de suicide. Il est sous surveillance vingt-quatre heures sur vingt-quatre. Vilar se tuera plutôt que de rester en prison. C'est une question de temps, rien d'autre. C'est l'acte qu'il a répété toute sa vie. La mort devant la justice des porcs. Telle est la destinée de notre classe.

Elle regagna son secteur de la banquette avant, et contempla par la fenêtre les gravats, de l'autre côté de la rue. Trois autres bouteilles heurtèrent le sol, vingt ou trente mètres plus loin, encore à dix secondes d'intervalle.

— Mais vous avez quelqu'un.

— Sans aucun doute.

— Il fait les bombes ?

— Il fait les passeports, dit-elle.

La nuit était tombée. Un groupe d'hommes et d'adolescents riaient au coin de la rue. Trois d'entre eux se dégagèrent du groupe et se dirigèrent vers la voiture, des adolescents, l'un d'eux tenant une bouteille entre ses jambes et marchant en canard.

— Alors j'attends.

— Ce ne sera plus long, Lyle.

— Nous faisons pareil, n'est-ce pas ? Je fais entrer votre homme à la corbeille, en tant qu'invité. Il laisse le truc. Au milieu de la nuit, ça explose.

— Vous parlerez tous les deux.

— Qui est-ce ?

— Pas encore.

— Aviez-vous imaginé que vous trouveriez aussi facilement un autre George ?

— C'est une certaine qualité d'Américains.

— Quoi donc, au juste ?

— De même que les Anglais ne cessent jamais vraiment d'être des collégiens, les Américains sont voués à accomplir des exploits héroïques.

— "Observation ironique, interrompit-il", dit Lyle.

— Des deux maladies, laquelle est la pire, je vous laisse le soin de décider.

Elle souriait. Les trois garçons passèrent devant la voiture, jetèrent un coup d'œil à l'intérieur, et traversèrent pour entrer sur le terrain vague. Elle semblait attendre que Lyle sorte de la voiture. Un homme vêtu d'un pantalon trop grand et d'un T-shirt plein de trous s'approcha de la voiture, du côté du conducteur. Marina prononça quelques mots en espagnol. Puis elle regarda Lyle. L'homme avait vomi peu de temps avant. Sans quitter Lyle des yeux, elle dit encore autre chose, et l'homme s'éloigna.

— La bouteille est l'objectif, dit Lyle. Je me le répète sans cesse, comme un rappel apaisant.

— Nous parlerons bientôt.

— Je descends, c'est bien cela ?

— Oui.

— Et je marche.

— D'abord un pied, puis l'autre.

— Peut-être pourriez-vous me déposer à Canal Street, si vous allez par là, ou n'importe où près de Lower Broadway.

— C'est mieux ici.

— Ou Chinatown, dit-il. Vous n'y êtes peut-être pas allée dernièrement. Quartier intéressant.

En rentrant chez lui, il vida le contenu de ses poches sur la commode. Portefeuille, clés, stylo-bille, bloc-notes. Jetons de métro sur le côté droit de la commode. Petite monnaie de l'autre côté. Il mangea un sandwich, et monta sur le toit avec un verre. Quatre personnes âgées étaient assises à une table. Lyle s'approcha du parapet. Le bruit des rues s'élevait confusément, ce soir, étouffé, avec une densité sous-marine. Climatiseurs, bus, taxis. Au-delà, quelque chose d'obscur : la tonalité sans connotation qui semblait émaner des rues mêmes, qui restait présente en l'absence de toute circulation, au plus paisible lever de soleil. C'était un dérèglement interne de la basse fréquence au cœur de la ville physique, un grondement fantomatique. Il tendit son verre par-dessus le rebord protecteur. Les autres gens se taisaient depuis son apparition sur le toit. Il lâcha le verre de sa main droite dans la gauche. Il y eut cette douce fraction de seconde où aucune de ses deux mains ne toucha le verre. Il résolut de le faire encore cinq fois, en accroissant à chaque fois la distance entre ses deux mains, avant de redescendre à l'appartement.

Il était couché quand Kinnear appela.

— Il faut que ce soit bref, Lyle.

— Je suis éveillé, mais à peine.

— Quelle est votre situation ?

— Marina essaie plus ou moins de vous localiser. Je ne crois pas qu'elle ait d'indice pour le moment quant à l'endroit où vous pourriez être, tout au moins à ma connaissance. Elle veut toujours faire l'Exchange.

— Quelle est votre situation, en dollars et en *cents* ?

— Besoin ?

— Je prévois.

— Que vous faut-il ?

— Pas encore sûr. Il y a plusieurs variables. Juste pour savoir si vous seriez prêt à aider et secourir.

— Je devrais, quoi, tirer quelque chose maintenant et attendre des nouvelles ?

— Tirez quinze cents maintenant, bonne idée, pour le cas où tout se matérialiserait pendant le week-end, ce qui pourrait entraîner des difficultés pour se procurer des fonds.

— Quoi, des dollars US ?

— Juste.

— Il y a un bureau de change près de ma banque.

— Non, juste du dollar.

— Pourrez-vous les changer facilement ?

— Le dollar fera l'affaire, Lyle.

— Vous êtes pressé, comment ?

— Comme maintenant, zip.

Le lendemain à la corbeille, Lyle fut appelé au contrôle, et on lui remit un télégramme envoyé localement, avec trois mots – NEUF UN CINQ – et le nom télétypé DISINFO.

Le jour suivant, il eut l'impression d'une variation de déjà vu. Il avait fini de déjeuner et se tenait sur le seuil d'un restaurant situé à un coin de rue, d'où il pouvait voir, à un angle extrême, le vieillard maigre qui se produisait fréquemment devant Federal Hall, brandissant au-dessus de sa tête une pancarte politique peinte à la main, pour le bénéfice des gens rassemblés sur les marches. Lui, Lyle, se nettoyait subrepticement les ongles, avec un cure-dents qu'il avait pris au restaurant, dans une coupe posée près de la caisse. Le paradoxe du retour de la matière sur elle-même. Dans ce cas, aucune illusion n'était en jeu. Il s'était tenu au même endroit, peu de temps auparavant, à cette même heure, pour faire exactement ce qu'il faisait maintenant, les yeux fixés sur le vieil homme, dont le corps était rigoureusement aligné sur la ligne d'ombre de la façade de l'immeuble en face, tenant sa pancarte au même angle, semblait-il, l'événement étant transformé en réplique morte par le biais d'une imprégnation structurelle, le remplacement minéral d'une matière antérieure. Lyle décida de disperser les ingrédients en marchant droit sur l'homme au lieu de rentrer à l'Exchange, comme il était certain de l'avoir fait la dernière fois. Il commença par lire le dos du panneau, face à la rue, dont il se rappelait la teneur générale. Puis il s'assit sur les marches, avec une douzaine d'autres gens, et chercha ses cigarettes. Burks était sur l'autre trottoir, près de l'entrée de la Morgan Bank. Les gens repartaient vers leurs lieux de travail. Lyle fuma un moment, puis il se leva et s'approcha du porteur de pancarte. Les bouts de bois qui retenaient les extrémités du panneau dépassaient de quinze centimètres en bas, ce qui donnait à l'homme une prise naturelle. Les bras croisés sur sa poitrine, Burks paraissait très malheureux.

— Depuis combien de temps faites-vous cela? demanda Lyle. Tenir cette pancarte?

L'homme se retourna pour voir qui lui parlait.

— Dix-huit ans.

La sueur lui coulait sur les tempes, traçant de pâles stries sur sa peau rougie. Il portait un complet, mais pas de cravate. Toute vie s'était éteinte de ses yeux. Il avait créé son propre espace, un univers où les gens n'étaient que des sculptures dans le rocher. Sa main droite tressautait légèrement. Il avait besoin d'une coupe de cheveux.

— Où, ici ?

— Je suis venu ici.

— Où étiez-vous avant ?

— A la Maison-Blanche.

— Vous étiez à Washington.

— Ils m'ont chassé de là-bas.

— Qui vous a chassé ?

— Haldeman et Ehrlichman.

— Ils ne voulaient pas de vous devant la grille.

— Les banques les ont avertis.

Lyle ne savait pas trop pourquoi il s'était arrêté là, pour parler à cet homme. Confusément, il percevait une stratégie. Peut-être voulait-il ennuyer Burks, qui attendait manifestement pour lui parler. Il lui plaisait assez de faire poireauter Burks pour converser avec un ennemi théorique de l'Etat. Un autre homme entra dans son champ de vision, entre deux âges et massif, un costume mal coupé, des lunettes incongrues – d'un genre chic et prétentieux. Lyle se retourna, et nota que Burks avait disparu.

— Pourquoi tenez-vous cette pancarte au-dessus de votre tête ?

— Les gens aujourd'hui.

— Ils veulent être éblouis ?

— Vous y voilà.

Lyle ne savait plus que faire ensuite. Mieux valait attendre que quelqu'un d'autre bouge en premier. Il recula d'un pas pour examiner la face du panneau du vieux bonhomme, qu'il n'avait jamais vraiment lue.

RÉCENTE HISTOIRE
DES TRAVAILLEURS DU MONDE

VERS 1850-1920

Les travailleurs se font couper les mains dans les plantations de caoutchouc du Congo, à cause des quotas de travail. Photos dans les caves de la Banque d'Angleterre. Montée du capitalisme.

L'ÂGE INDUSTRIEL

Travail des enfants, accidents, mort. Cruauté = profits. Taudis ouvriers à Glasgow, New York, Londres. Misère, maladie, séparation des familles. Grèves, boycotts, etc. = armée, police, autorité. Amère récolte de la révolution ind.

MAI 1886

Emeute de Haymarket, Chicago, protestation des meurtres policiers de travailleurs, 10 morts, 50 blessés, bombe, tirs sur la foule.

SEPTEMBRE 1920

Explosion à Wall Street, personne ou personnes inconnues, 40 morts, 300 blessés, il reste des traces sur le mur du Morgan Building. Sinistre souvenir.

FÉVRIER 1934

Tir d'artillerie, Vienne, tirs d'obus sur les maisons des travailleurs, 1 000 morts y comp. 9 dirigeants socialistes par pendaison/strangulation. Montée des nazis. Veille de la guerre mondiale, etc.

Il y avait encore autre chose en caractères plus petits, au bas du panneau. Le gros bonhomme, tout flétri, le mouchoir à la main, se tenait à trois pas. Descendant du trottoir, Lyle toucha le vieillard, le porteur de pancarte, en passant derrière lui, posant une main sur l'étoffe râpée qui lui couvrait l'épaule, brièvement, d'un geste qu'il ne comprit pas. Puis il accompagna l'autre homme jusqu'à Bowling Green, où ils s'installèrent sur un banc, près d'une femme qui nourrissait les pigeons.

— Si vous me donniez un nom ?

— Burks.

— Quel Burks ? Qu'est-ce que Burks signifie ?

L'homme lança un coup d'œil vers une voiture garée de l'autre côté de la rue. Burks était assis à l'avant, ceinture bouclée, les yeux fixés droit devant lui.

— C'est un nom générique, tout d'un coup.

— Faites comme vous voudrez, Lyle.

— Je vivrai plus longtemps.

— Je n'irais pas si loin, pessimiste comme je suis.

— Il se teint les cheveux. Kinnear. J'ai oublié de le signaler la dernière fois. Il a peut-être un contact au tribunal de nuit, pour ce que cela vaut.

— Pure curiosité, Lyle, rien d'autre, où est-il ?

— Mon téléphone n'est donc pas relié à l'ordinateur qui gouverne l'univers ?

— Pas le moins du monde, à ma connaissance, je ne vois d'ailleurs pas quelle importance cela peut avoir, car A. J. ne risque pas de vous dire des choses trop, trop importantes.

— Si vous ne savez pas, je ne sais pas non plus.

— A votre guise.

— Je peux toujours supputer, bien sûr. Faire des suppositions éclairées. Pourquoi ne commencez-vous pas par me dire quelque chose sur lui ? Ce que vous savez, peu importe. Vous êtes parvenu à vous procurer son nom grâce à une empreinte vocale, apparemment, ou en passant des cassettes à diverses personnes. J'imagine. Alors, qu'avez-vous d'autre ?

Vautré sur la moitié du banc, Burks-2 essuyait ses lunettes trop chic avec le mouchoir qu'il tenait en main depuis un quart d'heure. Sa fatigue, son poids même, débordant de ses vêtements, contribuèrent à détendre Lyle. Il avait l'air d'un homme qui sponsorise une équipe féminine de softball. Il se fourrage dans le nez avec son petit doigt, et il baise dans des voitures.

— A. J. enseignait la voix et la diction, niveau premier cycle universitaire. Il travaillait à temps partiel pour une agence de recouvrement. Il recouvrait. Il s'occupait accessoirement de la réforme des prisons, il faisait des conférences, il collectait des dons, dans le Nevada. Il virait de plus en plus à gauche, comme on dit, mais ce qui se passait vraiment tout au fond de son cœur, Lyle, ça reste un point d'interrogation. Il y a eu un petit coup fourré à La Nouvelle-Orléans juste avant l'été soixante-trois. Difficile d'avoir les détails exacts. Quelqu'un devait être enlevé, je ne sais quel juriste attaché à un organisme gouvernemental. Il avait des renseignements que quelqu'un voulait. Il y avait des liens, des drôles de courants souterrains. Oswald, par exemple. Cuba, par exemple. Des documents qui manquaient. Mais il semble que ça n'ait jamais pris corps. Quelqu'un a averti le ministre de la Justice, bien confortablement, quarante-huit heures avant la date prévue pour l'enlèvement. Ce bon vieux Kinnear a disparu à point nommé. Il a refait surface trois ans plus tard à Bogota, cul et chemise avec des gens impliqués dans le trafic de cocaïne. Il disparaît encore et, juste après, les arrestations ont lieu en masse. Nous le retrouvons ensuite sur la côte Ouest, avec un groupe d'ex-*hard rockers* de campus, et les voilà voyagistes, à manœuvrer des clandestins ou leur faire quitter le pays. A. J. faisait un peu de tout. Pas vraiment une force dans le mouvement. Il a été courrier. Il a été trésorier. Avec le recul, on voit qu'il a essayé de se faire passer pour le chef opérationnel de telle ou telle unité terroriste. Vous ne trouvez pas que c'était dangereux ?

— Il est peut-être au Canada.

— En vérité, Lyle, je m'en fiche. Vraiment, la main sur la conscience. Pour ce que ça m'intéresse, il peut bien se terrer dans les limbes de l'Arkansas. C'est pure curiosité, si je demande. Histoire de passer le temps.

— Il pourrait être au Canada ou en route vers le Canada. Je ne suis pas sûr. Je peux me tromper complètement. Mais je crois que c'est le Canada.

Une volée de pain jaillit de la main de la femme, et une douzaine de pigeons atterrirent parmi les morceaux. Burks-1 baissa sa vitre en bâillant. Lyle se mit à bâiller aussi, en se penchant pour déchiffrer l'immatriculation de la voiture.

— Nous aimerions en savoir un peu plus sur Marina Vilar.

— Elle veut toujours faire sauter l'Exchange.

— Où crèche-t-elle ?

— Je ne sais pas. Aucune idée. Je crois qu'elle vit dans sa foutue bagnole.

— Qui est avec elle, combien sont-ils ?

— Ne savez-vous donc rien de tout cela par Vilar ?

— Pour ma part, Lyle, je ne saurais même pas dire si Vilar est mexicain ou suédois, mais tout ce que j'entends dire m'amène à croire qu'il est mûr pour les cours de vannerie. Un branque. Ne s'adapte pas du tout à son environnement actuel.

— Je n'ai connaissance que d'une seule possibilité, une autre personne, et c'est sans doute celui qui montera la bombe.

— Il a un nom, par hasard ?

— Peut-être Luis Ramirez. Je dis peut-être. Je ne suis pas sûr. J. m'a plus ou moins dit qu'il faisait des passeports, il les falsifiait. Il a passé un certain temps avec des groupes dans d'autres pays, si il existe, et si c'est bien son nom. Ils pourraient bien être tous les trois plus ou moins apparentés entre eux. C'est un peu confus.

— Qui est J. ?

— Kinnear.

— A. J.

— Vos renseignements sont un peu passés de mode.

— Qui, tous les trois, les Latinos ?

— Exactement, sauf qu'ils sont suédois.

— Je ne trouve pas ça drôle.

Burks lui donna un numéro à appeler dès que Marina prendrait contact avec lui. Quand on décrocherait, il devait épeler son propre numéro de téléphone, puis raconter ce qu'il avait appris. Tout le monde lui donnait des numéros ou lui en proposait. Cela lui plaisait. Il avait du goût pour les chiffres. Il n'avait pas besoin de les écrire. Il avait mis au point des méthodes mnémotechniques, des méthodes qui remontaient à sa prime adolescence. Il s'exerçait tous les jours à la corbeille. C'étaient des techniques secrètes. Personne d'autre n'utilisait exactement les mêmes. Il en était certain. Les formules étaient trop particulières, trop fermement ancrées dans sa propre personnalité, pour pouvoir être reproduites ailleurs.

— Avez-vous une date en tête ? demanda Burks.

— Elle n'a pas dit quand. Pas le moindre petit bout d'indice. Je ne sais pas non plus quel type d'explosif.

— Qu'ont-ils à leur actif, des choses intéressantes ?

— Ils ont fait quelque chose à Bruxelles, une fois, et puis l'aéroport en Allemagne de l'Ouest – à Berlin-Ouest, je crois. Comment s'appelle-t-il ?

— Merde, je n'en sais rien.

— De toute façon, ils se sont trompés d'avion.

— Dû être vache à avouer.

— Ils ont touché le DC-9.

— Touché avec quoi ?

— Des roquettes.

— Dur à faire digérer au bureau.

Lyle se leva. Le premier Burks réagit aussitôt en mettant le moteur en marche.

— La loi ne vous oblige-t-elle pas à me dire pour quelle organisation vous travaillez, exactement ?

— Si j'avais l'énergie de soulever mon pied, Lyle, la loi vous obligerait à recevoir un bon coup de pied dans les couilles. Voilà la seule obligation que je puisse voir en ce moment.

7

A la corbeille, Lyle s'occupait des strictes logiques de volume et de prix. L'attention soutenue était une caractéristique bénigne, partout des regards modérés, et un équilibre mental sur les visages qu'il rencontrait. C'était un travail solide, précis et parfois réjouissant, un peu suranné, d'une certaine façon, des hommes réunis sur une place pour prendre part à des échanges verbaux, ouvertement, notant des chiffres avec des bouts de crayons, que les employés se donnaient ensuite bien du mal à déchiffrer. Le papier s'accumulait sous les pieds. Des courants secrets, songeait-il en se rappelant le concept d'argent électronique qu'avait énoncé Marina. Des ondes, des systèmes, l'invisibilité, le pouvoir. Il pensa : bip-bip-bip-bip. Un courtier lui donna une petite tape badine sur le côté de la tête, feignant d'entamer un match de boxe. Lyle se rendit dans la section des fumeurs et, d'une cabine publique, composa le numéro des bureaux de sa société ; il demanda Rosemary Moore. En entendant la voix de Zeltner, il raccrocha. Frank McKechnie se tenait à proximité. Il fumait, les bras croisés, et s'exerçait à rebondir sur ses talons, à un rythme rapide. Il était enveloppé d'une aura de souffrance virile, tout ayant atteint un tel point qu'il ne pouvait plus l'exprimer sous une forme verbale cohérente, faute d'un commentaire impossible ici, de larmes ou de cris.

— Eh bien, Frank.

— Le monde continue à tourner.

— Je vois que tu t'es rasé.

— Le monde extérieur.

— Il tourne, tout de même.

— Jusque-là, c'est clair – même pour moi.

— Heureusement qu'il tourne, dit Lyle, ou nous n'aurions plus cette immobilité. Nous avons besoin de ce mouvement, de ce flux extérieur, pour demeurer en sécurité et en place.

— C'est à cela qu'il faut s'habituer.

— Parce qu'ils ne te l'ont jamais dit. Papa et maman. Ton bon vieux papa. Tu sais, en faisant claquer ses bretelles. Il ne te l'a pas dit.

— Où ai-je envie d'être, Lyle ?

— A l'intérieur.

— Exact, dit McKechnie.

— Cet appel, que je voulais que tu fasses. Aucune importance. Je n'aurais pas dû te le demander. Tout est réglé.

— Ne m'en parle pas.

— Tout va bien. Rien à raconter. *Finito*.

— Parce que je ne peux pas y consacrer mon attention pleine et entière, Lyle, tu comprends ?

— C'est une question religieuse, Frank. Prononcer certains mots, les noms de certaines personnes. C'est une chose profondément personnelle.

— Je ne sais pas de quoi tu parles, mais je suis entièrement d'accord.

— Cela touche un nerf dans les recoins les plus obscurs.

Kinnear paraissait déjà très loin dans le temps et l'espace. Les deux visites de Lyle dans la maison grise en bois étaient maintenant deux minuscules zones de brouillard, plus ou moins mythiques, la pièce et la cour, l'arsenal de la cave. Il lui semblait avoir simplement entendu des descriptions de ces endroits, sans jamais y avoir été, physiquement, lui-même, en se grattant les côtes, la gorge un peu desséchée. Il recherchait dans ses souvenirs les détails d'un lieu, un sens de texture et de dimension. Il n'y avait pas grand-chose d'autre que Kinnear au pied léger, la perfection de ses traits et ses cheveux grand teint. Ses rides amicales quand il souriait. Sa voix, mûre et professionnelle : deux qualités à son crédit, rien d'obligatoire. Cela se réduisait, toute la série d'événements, sa propre participation, à cet unique élément, la voix de J., les ondes porteuses qui l'amenaient de quelque endroit lointain.

Il rappela dans la soirée. Dès que le téléphone sonna, Lyle sut aussitôt que c'était J. et en éprouva un immense soulagement, comme s'il avait craint d'être abandonné à Marina et Burks, aux catégories de réalité plus brutales. Parlant sans inflexion, sans gaspiller son souffle, Kinnear rappela à Lyle qu'il lui avait donné un numéro de téléphone à n'appeler que sur ses instructions spécifiques à lui, Kinnear. Le moment venait maintenant d'une de ces instructions, et il pria Lyle de passer son appel d'une cabine publique, en prenant toutes les précautions qui lui paraîtraient nécessaires. Avant de raccrocher, il ajouta que les trois chiffres du télégramme que Lyle avait reçu représentaient le code régional, inversé.

Lyle se changea, sans trop savoir pourquoi. Il prit un taxi, et parcourut encore plusieurs rues à pied pour arriver à la gare de Grand Central. Il avait quatre dollars en petite monnaie, et il entra dans une cabine.

— Je crois que nous sommes prêts à agir.

— Ce qui signifie ?

— Un congé de deux ou trois jours, si vous pouvez arranger cela.

— A partir de quand ? demanda Lyle.

— Après-demain.

— Pas de problème.

— Prévoyez trois mille cinq cents dollars.

— Sous quelle forme ?

— Il n'y a pas de limite, pour la quantité de cash qu'on peut passer à la frontière.

— J'ai encore parlé avec Burks. Burks ne s'y intéresse plus du tout. C'est logique, J. Ils avaient un indicateur, et ils l'ont perdu. Ils n'ont pas de raison d'envoyer les chiens.

— C'est *mon* cul, lui rappela Kinnear.

— Marina, je ne pense pas que Marina soit capable de vous trouver. Elle a déjà fort à faire à chercher quelqu'un pour construire un objet qui fasse du bruit quand on l'allume.

— Lyle, c'est *mon* cul.

— C'est vrai.

— Elle en est capable. Marina en est capable. La police secrète connaît mon nom. Ils connaissent mon passé. Ils aimeraient beaucoup bavarder, à mon avis.

— J'en doute sérieusement.

— Sommes-nous prêts à agir, oui ou non ?

— Mais c'est *votre* cul.

— Exactement.

— Alors comment procédons-nous ?

— Disons que trois mille cinq cents payent mes papiers, mon voyage, mes premiers besoins pendant un moment.

— Vous ne restez pas.

— Seulement le temps d'acheter des papiers. Le nom et les numéros nécessaires. Jamais voyagé en cargo ?

— Et ensuite ?

— Pour un bagarreur comme moi ?

— Vous reviendrez, je vous le garantis.

— C'est possible, Lyle.

— Burks m'a parlé de La Nouvelle-Orléans.

— Vous voyez, je vous le disais, ils savent.

— Pas grand-chose, J.

— Ils ont passé du temps sur moi, ces gens-là. Ils savent qui et comment fouiller, vraiment. Bon Dieu, ils ont mentionné La Nouvelle-Orléans, hein ? C'était il y a combien d'années ? A plusieurs vies de maintenant, je dirais.

— Burks a dit quelque chose d'intéressant.

— Ah, quoi ?

— Il a dit Oswald.

— Là, maintenant ?

— Il a dit Cuba, papiers volés, je ne sais plus.

— Ils sont forts, dit Kinnear. Ils y passent le temps qu'il faut.

— Burks disait peut-être que vous aviez connu Oswald avant Dallas, non ?

— Mais Lyle, bon Dieu, tout le monde connaissait Oswald avant Dallas.

Ils rirent tous les deux. Lyle se tourna vers la rangée opposée de cabines téléphoniques. Une seule était occupée, par une femme noire entre deux âges et en robe à pois.

— Nous pourrions peut-être en parler un peu plus.

— Pour ce qui est de l'argent, Lyle, je ne sais pas si je pourrai rembourser.

— Pas de problème.

— C'est un problème ? Parce que si c'est le cas, Lyle.

— Laissez tomber.

— J'ai tout serré au plus juste, au ras de l'os. C'est le minimum absolu dont j'ai besoin pour filer d'ici. Pas un centime de plus.

Ils prirent leurs dispositions. Lyle sortit de la cabine et s'engagea sur Lexington Avenue, vers le sud. Il était tard. Une voiture bifurqua vers lui au moment où il descendait du trottoir. Le conducteur freina, un homme d'une trentaine d'années, légèrement penché en avant avec la tête tournée vers Lyle d'un air interrogateur, et avec une main entre les cuisses, qui fourrageait dans l'étoffe et tout ce qu'il y avait dessous. Il s'agissait manifestement d'une proposition. Debout sous un réverbère, Lyle détourna les yeux, le regard figé par-dessus le toit de la voiture, comme perdu dans la contemplation d'une vision fascinante à une fenêtre du second étage, de l'autre côté de la rue, jusqu'à ce que le type s'en aille.

8

Pammy sortit sur la terrasse. Ethan essayait encore de s'éclaircir la gorge, appuyé à la balustrade avec une tasse de café à la main. Il faisait beau et chaud, midi était déjà passé. A l'extrémité de la terrasse, Jack empilait du bois. Cavités nasales, sinus. Elle rentra se servir du café et ressortit pour s'asseoir sur la balustrade, la tête rejetée en arrière, le visage presque à l'horizontale.

— Tu n'adores pas ça ? lança Jack. Chaque matin ça recommence. Exactement pareil. Comme s'il n'y avait personne d'autre alentour. A se racler la gorge, à expectorer, le graillonneur, Mr Graillon. Tu t'imaginerais qu'il ferait quelque chose, non.

— Etre vite soulagé. Respirer facilement, librement.

— N'importe quoi, pour l'amour du ciel, enfin, ce truc que j'écoute tous les matins, tous les matins sans exception.

— J'aime assez expectorer, dit Ethan. C'est l'un des derniers grands signes d'une présence humaine sensuelle sur la planète.

— C'est comme le métro, à deux heures du matin, tu as les types qui dégueulent.

— Ah non, non.

— Tu as les hoquets secs.

— L'expectoration est au dégueulis ce que le haïku est au patin à roulettes.

— Comment pouvez-vous parler le matin ? protesta Pammy. Faire tout cela, ces comparaisons, ces analogies, juste après vous être levés, toute cette discussion, même idiote. J'ai déjà du mal à ouvrir la bouche pour boire.

— J'aime sentir le mucus se détacher.

Elle rentra griller un peu de pain. Ensuite, elle se rendit à pied au village de Deer Isle, suivie pendant quatre cents mètres par deux énormes chiens ; elle acheta des cartes postales et quelques provisions. Elle fit une partie du trajet du retour en compagnie d'une fille à vélo, qui répondit à chacune de ses questions par un ou deux monosyllabes, avant de bifurquer sur un chemin cahoteux qui menait à une charmante vieille maison. Pammy se rendit compte qu'elle souriait à la maison comme elle avait d'abord souri à la fille et, avant cela, aux deux chiens. Elle se résolut à ne plus user de cette grimace chaleureuse et idiote.

— Où est Ethan ?

— A Stonington, il fait les courses.

— Je viens de les faire.

— Il veut des trucs genre poisson.

— Je n'ai pas vu passer la voiture. Je devais sans doute être au marché.

— Que veux-tu faire ?

— La prairie ? suggéra-t-elle.

— Il n'y a rien à faire.

Ils longèrent la plage. Nu-pieds, Jack sautillait légèrement parmi les rochers, assailli de petites douleurs furtives, les épaules un peu voûtées et les bras loin du corps. Il était légèrement plus plus petit que Pam, et la force de ses épaules et de ses jambes se discernait aisément sous le maillot échancré et le short en jean qu'il portait. Elle le suivit autour d'un gros rocher proéminent, en essayant d'évaluer la difficulté de certains rochers tandis qu'ils progressaient par bonds de l'un à l'autre, dans le clapotis de la marée montante. Ils parcoururent encore une centaine de mètres jusqu'à des marches de bois menant à une grande prairie, où l'herbe par endroits leur montait jusqu'à la ceinture. Un panneau annonçait : PRIVÉ. C'était un pré carré, bordé sur trois côtés par des bois, et à l'ouest par la baie. Pammy s'allongea et ouvrit sa chemise. A cette heure, le soleil éclairait la prairie jusque dans les recoins.

— Je ne suis plus déçue.

— L'herbe, ça pique. Ce n'est pas comme l'herbe au cinéma.

— Nous avons oublié les fromages, les fruits, le poulet, le pain, et deux sortes de vin.

— Je pensais l'herbe, pique-nique, dit-il.

— J'étais secrètement déçue. Maintenant, on peut le dire. Je voulais un bronzage agressif. Je suis venue exprès dans ce but. Un bronzage profond, comme en ont parfois les dames d'un certain âge. Quand la peau est tellement bronzée et desséchée qu'elle tire presque sur le noir. Cet air cuit au four. Quand on se sent l'air tellement sain et magnifique mais qu'on ressemble à cette créature, qu'est-ce que c'est que ce truc déterré, avec ces rides bizarres. Je voulais faire ça une fois dans ma vie mais, bête comme je suis, je ne me suis pas rendu compte que ce n'était pas l'endroit. Je vais donc me détendre et surmonter ma déception, et me contenter de ce qu'il y a sur place, un rose léger.

— Bonne chance.

— Allonge-toi dans l'herbe.

— Il y a des trucs.

— Allons, Jack Laws, plonge, fonds-toi, ne fais plus qu'un.

— Plus qu'un avec l'herbe.

— La terre, le sol.

— Terre, créature, contact.

— Mélange, dit-elle.

— Air, arbres.

— Sens le vent.

— Oiseaux, vol, regarde.

— Ailes, bec.

— Le bruit qu'ils font, en appelant.

— Là-haut dans le ciel.

— Font du bruit, parlent.

— Mouette blanche, beaucoup d'air pour battre des ailes.

— Faire voler au-dessus grandes eaux jusqu'à terre de Mamou l'ours.

Elle se redressa pour ôter ses tennis, puis elle déboutonna son jean, le fit glisser avec sa culotte à l'intérieur et les repoussa avec ses pieds, rejet parfaitement exécuté, pour quitter en dernier sa chemise, qu'elle disposa par terre avant de se recoucher, les bras le long du corps. Jack se leva pour se dévêtir. Elle prenait plaisir à le voir se découper sur le ciel, net et dépouillé, les tons de chair se compensant parfaitement, en nuances irrégulièrement alternées, pour ce bleu extravagant. Banal, songea-t-elle. Un corps musclé se découpant sur le ciel. Image fasciste suggestive, aurait dit Ethan. Et puis merde, les gars, c'est drôle de mythifier.

— Se déshabiller.

— N'est-ce pas merveilleux ?

— Oter ses vêtements, émerger, c'est vraiment spécial.

— Je sais, dit-elle.

Elle leva une jambe, et essaya de lui attraper le testicule gauche avec son gros orteil. Il se couvrit à deux mains d'un air faussement horrifié, en émettant des glapissements. Un souffle d'air.

Etendus côte à côte, ils commencèrent à transpirer un peu, agréablement, lorsque la chaleur atteignit son point culminant. Elle se dressa sur un coude pour le regarder. L'herbe était un problème, picotant, démangeant.

Ce serait un événement serein, un intermède sexuel agréable et détendu entre deux amis. La tension qui existait en sourdine s'évanouirait, doucement, dans un apaisement mutuel, un attendrissement, clément par-delà les limites de son étrangeté, de ses apparentes incohérences. L'enfant, voilà ce qu'elle rechercherait chez Jack, la lumineuse innocence, l'errance sans racines, portée aux visions. Ce serait un moment de compassion.

Elle lui effleura le ventre du dos de la main. Jack la scruta attentivement, cherchant à déceler l'intention, questionnant leurs deux âmes, l'armature, le noyau de leur libre arbitre. Il lui posa la main sur l'épaule, et la fit glisser jusqu'au bout de son bras, jusqu'à ce qu'il rencontre sa main à elle. Il l'accompagna plus qu'il ne la guida.

Pendant un moment, ce fut une succession d'humeurs joueuses. Ils griffonnaient chacun sur le corps de l'autre. Ils s'effleuraient respectueusement. Ils s'examinaient avec cette grave intensité des gens qui cherchent à compenser des années de privation sensorielle et émotionnelle. Enfin, semblaient-ils dire, nous voilà autorisés à résoudre ce mystère. Cela faisait partie du principe d'enfantillage qu'elle avait souhaité établir comme niveau de perception reconnu entre eux. Avec une curiosité légèrement dévote, ils manipulaient et lissaient. C'était le développement d'une notion commune, celle de l'amant pour faire semblant. Ils agissaient délibérément, s'efforçant d'accorder le rythme de leurs inventions mentales, tandis que leurs mains cherchaient une homogénéité plastique.

Cet intermède passerait, ces abstractions de l'après-midi, ce contact superficiel d'amour ténu.

Jack était assis, penché sur le côté, appuyé sur son bras gauche, la jambe gauche étendue et la droite fléchie. Pammy s'agenouilla contre sa hanche, au creux profond que formaient sa hanche et sa cuisse relevée, une main repliée sur sa cuisse, immobile, et l'autre lui frôlant la tête, l'arrière de la tête de Jack, sur la plaque de cheveux blancs, ce signe de quelque chose, le secret tribal de Jack, son sens, ce qui le rendait primitif. Dans une pose presque classique sur l'herbe, il maintenait son visage détourné d'elle. Curieuse, cette blancheur singulière, un ton de craie pure, semblait-il, écrasée et délayée dans de l'eau, le genre de défaut déterminant qui fait monter (pour parler brutalement, se dit-elle) le prix d'une chose. Elle passa le pouce sur cette région, deux centimètres carrés, et sentit les cheveux se redresser. C'était bien taillé, et d'une texture caractéristique.

Il se mit debout et se dressa au-dessus d'elle, bite au vent, le bas du corps couvert de fragments d'herbe et de terre.

Allongé sur le dos, il posa les mains sur les seins de Pam. Il avait le visage rouge et humide, et il paraissait dans un état intermédiaire, il paraissait s'étonner, comme s'il avait oublié quelque chose.

Derrière lui, sur leurs côtés, elle se pencha et lui souleva la jambe par-dessus les siennes. Il se fit un petit effondrement de la posture, et elle se glissa sous lui, prenant appui, s'efforçant de s'infiltrer, de supprimer toute distinction entre les surfaces.

Elle se remit à cheval sur son torse, les genoux encastrés dans ses aisselles. Elle lui resserra les bras le long du corps et s'y creusa une niche avec les genoux, en équilibre instable, calant, s'insinuant, s'entremêlant plus étroitement.

L'aspect et le caractère de ces parties du corps, leurs noms, la friction liquide. Confusément, elle cherchait des expressions pour ces configurations.

Couchée sur sa propre chemise, elle sentait les mains de Jack lui presser les fesses, redistribuant le volume, les écartant pour faire glisser sa queue de part et d'autre de la faille. Sa chemise était en quelque sorte l'objet stimulateur d'énergie. Elle haussa son pelvis, faisant opposition à la pression du poids de Jack, et glissa sa main sous la chemise, puis elle reposa son corps dessus, légèrement, en prenant son bras gauche pour levier, tandis que sa main droite, cramponnée à la chemise, ramenait une poignée d'étoffe entre ses cuisses. Jack se dégagea, cependant qu'elle enroulait ses jambes autour de la chemise et se laissait rouler sur le côté, genoux relevés, avec la chemise pincée là où ses jambes se rejoignaient.

Ceci, à droite comme à gauche. Jambe, index, testicule et sein. Cela, en travers. La recomposition d'éléments pris au hasard, en un tout inventé. Pendant un moment, il sembla que les facteurs essentiels fussent l'emplacement, le poids et l'équilibre. La signification de gauche et droite. Les transpositions.

Assis en tailleur, Jack regardait. Elle frotta à plusieurs reprises la chemise entre ses cuisses, ses genoux se dénouant dans la pression et la friction chirurgicales. Elle s'ouvrit vers lui, un peu folle, en respirant comme dans un courant d'épuisement et de besoin, le regard vide de tout dessein.

Ce n'était plus un événement destiné à surprendre des plaisirs familiers. Il se penchait vers elle et elle se tendait, le visage vide. Ils se nouaient l'un à l'autre, elle lui tenait la nuque. Qui étaient-ils, ainsi étirés de toute leur longueur l'un contre l'autre, s'ajustant, se resserrant, recommençant à fonctionner ? Le corps de nageuse de Pam s'arc-boutait contre lui. Le Jack d'Ethan, et Pam. De temps en temps, immatérielle, elle parvenait à se dégager, à observer sa propre implication, presque libérée de la panique et de la gestion trompeuse de son propre sentiment d'aptitude, de tout ce qui consent à observer la raison. Cela ne durait que quelques secondes. Le reste était obscurité, évacuation de thèmes étrangers. Elle cherchait la détente dans de longues caresses mortelles. Ce qu'elle éprouvait, l'indéfinissable souffrance de ce plaisir, évoluerait sans intervention, simple succession transmise de retards et de rattrapages avec son propre corps, son cours préventif, sa violente exaltation des sensations, le réapprovisionnement qui comblent l'œuvre mortelle des sens, les abreuvant du mystère des muscles et du sang. Ce segment final était donc "factuel", à voie unique, et elle termina, assouvie, dans un accès de hoquet.

Jack s'assit dans l'herbe, suivant des yeux un gros oiseau, probablement un cormoran, qui survolait la baie. Pammy s'habilla en guettant Jack, et se demandant pourquoi elle s'inquiétait tant pour lui. Cela signifiait-il que ce qu'ils venaient de faire comptait moins pour elle que pour Jack ? Qu'elle soupçonnait Jack de vendre la mèche ? Que Jack était troublé, que Jack regrettait déjà ? Elle avait mal presque partout. La terre l'avait fourbue. Foutu sol. Elle se demandait si elle était devenue trop complexe pour se préoccuper de quelqu'un sans énumérer les raisons possibles.

— Où sont mes chaussures ?

— Tu ne les avais pas.

— Je ne les avais pas, très juste.

— Je dis la vérité vraie.

— Pas de chaussures, dit-il.

— Ce qui explique tes pieds.

— Quoi, tailladés ?

— Meurtris, dit-elle.

Il s'habilla et commença à sautiller sur un pied en examinant l'autre. Appuyée sur un genou, Pammy laçait sa seconde chaussure de tennis. L'effort de se lever paraissait insurmontable.

— Par où rentre-t-on ?

— Je ne sais pas, mais nous devrions nous mettre en route, j'imagine.

— J'imagine, répéta-t-il.

— Qu'allons-nous dire ?

— Nous étions ici, s'il demande.

— Nous avons fait un tour.

— Nous sommes un peu, pleupleu, ébouriffés.

— Regarde, un grand voilier.

— Nous avons fait un tour jusqu'à la prairie, reprit-il.

— Tu le vois, avec ses trois mâts ? Ne t'inquiète pas. Nous avons fait un tour. C'est tout.

— Sûrement, comme cela.

— Bon, ta chemise a quelques faux plis. Rien de bien méchant, Jack.

— Hoquet, hoquet.

— Par où ?

— Nous sommes allés jusqu'à la prairie, et puis quoi ? Regardé des bateaux pendant tout ce temps-là ?

— Ce n'est pas un problème, Jack.

— Pas pour toi, non.

— Ecoute, nous avons fait des ricochets pendant une heure et demie. Nous avons pillé un cimetière. Qu'importe ? Il ne va pas nous interroger. Nous avons assommé des bébés phoques pour les dépecer.

— Ethan m'a pris en charge. Il veut bien. Il accepte.

— Tout va bien, Jack.

— Je ne suis pas d'humeur à commencer des histoires avec Ethan en ce moment. Il accepte, quoi qu'il en soit. Ma vie entière. Il veut bien assumer la responsabilité.

Elle se rendit compte qu'elle avait encore eu cette expression, brièvement, en regardant le beau navire, ce sourire niais. Ils repartirent par les bois, ne retrouvant le chemin de terre qu'après s'être un peu perdus et brièvement querellés au sujet des repères.

Après la pluie, elle s'assit avec Ethan au coin du feu. Sous cet angle, enfoui dans son fauteuil, il avait l'air endormi. Elle s'écarta de la source de lumière et entrouvrit une porte, juste assez pour projeter son visage dans la nuit. La force de l'air, le claquement des pins humides suffirent à la faire sursauter. Des points luminescents luisaient à proximité, des lucioles rebondissant sur l'air, des pincées de lueur abdominale. Elle remarqua une faible odeur de décomposition en provenance de la mer. Dès qu'elle referma la porte coulissante, son visage se réchauffa. L'acuité de sa perception s'estompa peu à peu et elle regagna son siège. Ethan se leva, juste le temps de donner un coup sur une bûche enflammée pour la casser : les flammes se ravivèrent dans un sifflement.

— Tes cheveux sont particuliers, ce soir. Très noirs et très luisants. Quelque chose de japonais. C'est la lumière, la façon dont elle frappe.

— Pour aller avec ma bouche d'Allemand.

— Il ne te manque qu'un chignon au sommet du crâne.

— Comment s'appelle-t-il, le samouraï ?

— Tu devrais essayer, Ethan. Un chignon au sommet du crâne. Quand tu rentreras au bureau.

— Je reconnais que j'exprime une certaine menace féodale.

Il prolongea le mot "féodal". Jack entra alors. Il ôta son chandail et le jeta sur un dossier de chaise. Il alla s'asseoir sur la pierre de l'âtre qui s'avançait d'un bon mètre dans la pièce, les yeux rivés entre ses pieds. Il parlait d'une voix éteinte, mêlant des suggestions de fatalisme à une lassitude étudiée. Il s'interrompait souvent pour soupirer.

— Je l'ai revu. Là-bas, près de la voiture. Il y a un vide entre les arbres. Il était juste là. Je ne sais pas, à deux cents mètres. C'était le même. Avec des pulsations. Peut-être pas aussi lumineux, cette fois-ci. Verdâtre. Le même vert. Je l'ai vu, j'étais près de la voiture, juste au-dessus de la baie. Une lumière bleu-vert. Mais solide par-derrière. Un objet. La lumière brillait en palpitant, alors c'était difficile de dire quelle forme cette chose avait. Mais elle était solide. Je le savais. Je me le suis dit pendant que je regardais. J'ai fait plus attention, cette fois. Couleur, forme, j'ai bien appliqué mon attention. Je me disais, ne bouge pas, ne le perds pas de vue. Je n'ai pas bougé la tête une seule fois. Je ne me souviens pas d'avoir même cillé. Puis il a plongé un peu, et il s'est éloigné en glissant dans le ciel au-dessus de la baie, vers le sud-ouest, de plus en plus petit. Et puis les arbres m'ont bouché la vue, alors j'ai couru jusqu'à l'eau, et j'ai pu le voir encore. Juste la lumière, bleu-vert, qui devenait petite, petite, petite. Rien de solide. Mais avant, c'était solide. Je me le suis bien dit. Je me le suis dit quand j'étais là-bas. C'est la lumière d'un objet. Il y a un objet là-bas.

— Un hélicoptère turquoise, dit Ethan.

— La manière de s'y attaquer, dit Pammy, c'est de faire une liste de toutes les possibilités rationnelles. Puis de voir ce que nous pouvons éliminer, et ce qui nous reste.

— Mais pas de problème. C'est un hélicoptère turquoise. Turquoise est la couleur officielle de l'Etat du Maine.

— C'était un hélicoptère de la police.

— Bien sûr. Pas le moindre mystère. Ils patrouillaient dans la baie.

— Patrouillaient dans la baie pour guetter les OVNI.

— On en a aperçu, d'après ce que j'ai compris.

— Je m'en fiche, dit Jack.

— Ce qui cadre parfaitement avec la devise de l'Etat.

— Turquoise À Jamais, dit-elle.

— Non, Turquoise Est Mon Salut.

— Mais ce n'est là qu'une seule possibilité rationnelle. Il faut que nous en énumérions beaucoup. Ou au moins deux. C'est la règle gouvernementale.

— Un pigeon turquoise.

— Non, non, voyons, il faut que ce soit différent.

— Un pigeon turquoise de quatorze tonnes respirant bruyamment.

— Continuez, dit Jack.

— Unis dans la Vérité, la Justice et la Turquoise.

— Et Pluribus Turquoise.

— Il faut encore au moins une autre possibilité, dit-elle. Cet homme affirme qu'il l'a vu. C'est la moindre des choses que nous proposions une seconde interprétation.

— Un feu de Saint-Elme.

— Qu'est-ce que c'est ?

— Je nomme les foutus trucs. Il faudrait que je les explique en plus ?

— Tu n'as pas expliqué l'hélicoptère turquoise. J'ai tout de suite su ce que tu voulais dire.

— C'est une décharge électrique. Un phénomène qui se produit avant, pendant, ou après des orages. Je ne sais pas – choisis-en deux. Voyez-vous, vous autres ne connaissez pas les références. Tes jeunes années ont été abortives, ma pauvre petite Pammy. Je pourrais dire, une chemise avec un col Mr B. Pas la moindre idée, n'est-ce pas ? Untel s'est fait beau avec son col Mr B.

Jack se dirigea vers l'escalier, attrapa son chandail en passant devant le fauteuil, et l'emporta roulé en boule, une manche couleur rouille effleurant chaque marche à mesure qu'il montait. Il se remit à pleuvoir. Pammy alla consulter une rangée de livres de poche, sur une large étagère qui se trouvait entre le téléviseur portatif et le mur. Mystère, mystère, espionnage, sexe, mystère. Les volumes étaient vieux, couleur sépia à l'intérieur ; les pages tournaient avec un bruit net. Ethan se versa à boire et retourna s'asseoir. A pas lents et mesurés, tel un soldat mécanique, elle s'approcha de l'âtre et prit la place de Jack, peut-être mue par un peu de remords.

— A quel point est-il contrarié ? Est-il vraiment contrarié ?

— Pendant toute sa vie, on lui a donné à croire qu'il ne comptait pas.

— La moindre chose le bouleverse.

— Il prend tout pour des accusations, des humiliations. Puis il accuse à son tour, souvent intérieurement, en partant bouder. Je crois qu'il condamne son environnement autant qu'autre chose. Les gens qu'il voit dans ce cadre-là. Mais certains lieux lui sont bénéfiques, pourtant. Et d'autres lui font un effet réducteur. Il n'a aucun sens de lui-même, me semble-t-il. Je suppose qu'il y a eu des endroits de toutes sortes, au début. Des proches, etc. Mais maintenant, les gens ne sont plus que des taches floues.

— Parfois, on a presque l'impression de voir son esprit à l'œuvre, fonçant dans tous les sens. On voit qu'il calcule à toute vitesse, qu'il évalue les avantages.

— Certaines personnes ont des mentalités clandestines.

— Il fonce.

— Certaines personnes ont une nature ouverte, généreuse, humaine.

— Nous, par exemple.

— Toi et moi, précisa-t-il.

Au milieu de la nuit, elle entendit les arbres, ce bruit de vagues causé par des vents en hauteur. Il y avait quelqu'un dans la salle de séjour, du feu. Elle se leva. Jack était assis sur le canapé, les mains nouées derrière la tête. Elle ouvrit un peu plus la porte, et pencha la tête d'une certaine façon. Conciliation. Permission de pénétrer en sa présence. Il maintint ses mains derrière sa tête, comme pour commencer à faire des tractions. Elle s'assit sur le lit. Lorsqu'il passa, une demi-heure plus tard, pour remonter là-haut, elle était à la porte. L'instinct de Pam lui disait que le contact physique peut rendre possible n'importe quoi. Le plus infime contact. Elle lui posa la main sur l'avant-bras. L'effleura à peine. Suffisamment, songea-t-elle, pour faire revivre leur après-midi.

— Entre.

— Il va entendre.

— Tout va bien ?

— Pourquoi pas ?

— Entre, Jack.

— Je te dis qu'il va entendre.

— Je te veux nu.

— Laisse tomber, non, c'est impossible.

— Il ne le saura pas, Jack.

— Où serai-je ?

— Jack, viens baiser ?

— Où serai-je ensuite ?

Au cours des jours qui suivirent, elle observa que les phrases de Jack ne se terminaient jamais tout à fait, le ou les derniers mots s'ouvrant sur un bruit soutenu qui conjuguait des éléments de suspicion, de rancune et de protestation. Cette voix qu'il prenait, sa voix new-yorkaise, avec des variations, remplaçait la quasi-neutralité de fait qu'il avait établie lors de son rapport sur l'OVNI.

Elle alla faire le tour des boutiques d'antiquités avec Ethan. Jack n'avait pas voulu venir. Pour combler ce vide, elle trouva motif à rire partout, manipulant des objets en pierre, en verre de plomb, avec une hystérie à peine retenue. S'efforçant de répondre affablement, Ethan étirait un côté de sa bouche, exposant une dent en or, et chassait de l'air par ses narines, à petits coups amusés. A leur retour, Jack lavait un verre derrière le comptoir.

— Qu'y a-t-il dans le garde-manger ? s'enquit Ethan.

— A manger, voilà ce qu'il y a dans ce bordel de garde-manger – à manger, bordel.

Avec les jumelles elle regarda Jack remonter de la plage. Des branches d'arbres brouillaient le premier plan. Elle abaissa les jumelles quand il arriva à portée de voix.

— Mamou l'ours est fâché ? appela-t-elle.

Elle écouta, de son lit, les sons, les cris faibles qui provenaient de leur chambre, les gémissements indistincts. Une voiture passa sur le chemin de terre. Il commençait à faire plus froid, mais elle avait dépassé le stade où elle aurait eu assez de force de volonté pour sortir du lit et aller chercher l'une des couvertures empilées dans le placard. Elle avait dépassé ce stade depuis une dizaine de minutes.

Ethan la taquina gentiment à propos des cercles blancs qui lui cernaient les yeux parce qu'elle avait gardé ses lunettes de soleil presque tous les après-midi pour lézarder sur la terrasse. Jack y mêla son grain de sel. Cela devint le thème de la journée. Z'yeux blancs. Beauté masquée. *Bagels*[1] au saumon fumé. Elle ne trouvait pas que cela valût une journée entière.

A un étal de glaces, quand le type lui demanda quel parfum, elle répondit, “Escargot”. Ni Jack ni Ethan ne rirent. Leur tour de se liguer.

Elle joua au tennis avec Ethan. Il claqua sa raquette contre le filet, et refusa de répondre quand elle lui demanda s'il s'était fait mal au genou. Cela rappela à Pammy la

1. *Bagel* : sorte de petit pain en couronne. *(N.d.T.)*

Quatorzième Rue ouest, la salle de gym malodorante, la trivialité salvatrice des claquettes.

Ethan commença à employer des expressions toutes faites pour provoquer les rires, toujours les mêmes, indéfiniment. “Collant moulant.” “Soutien-gorge d'entraînement.” “Nymphettes d'accueil.” “Hopatcong, New Jersey.” “Avec les vedettes Maria Montez, Jon Hall et Sabu.”

Ils prirent la plus longue route jusqu'à Schoodic Point. Sur le siège arrière, Jack émettait des pépiements d'oiseau, la bouche légèrement tordue, la lèvre supérieure frémissante. Sur une ligne droite près d'Ellsworth, Ethan se retourna, traça un arc avec son bras droit, et frappa Jack sur le côté de la tête.

— Il sait que je déteste ce bruit.

Ils se plantèrent sur la plate-forme de granit, et regardèrent les vagues se jeter droit sur l'impact. A l'est, le ciel s'obscurcissait, énorme mouvement poudreux, tel un sédiment. Ethan descendit pour être plus près de la mer. Elle ne pouvait plus supporter ce vent. Humide et piquant, il la forçait de temps en temps à reprendre son équilibre, à s'arc-bouter contre les bourrasques. Elle remonta jusqu'à la voiture. Une vingtaine de minutes plus tard, Jack la rejoignit. Elle voyait rentrer les bateaux des pêcheurs de homards, entre des rangées de crêtes blanches.

— Quelle écume, bon Dieu.

— Tu l'as vraiment vu ?

— Quoi ?

— L'OVNI.

— Deux fois.

— Je te crois.

— Je pars, cette fois. J'aurais dû le faire depuis des années. Ce n'est pas une vie.

— Tu dis toujours Ethan. Mais Ethan accepte volontiers de te prendre en charge.

— Pas cette fois-ci. Je ne le dis pas, tu remarqueras. Je n'ai même pas mentionné son nom.

Visiblement, elle avait commencé à se méfier de son affection pour Ethan et Jack. Une niche se creusait, un lieu isolé, c'est là que s'enfonceraient les loyautés alternées de la semaine passée, les rancœurs reparues quotidiennement, toutes les petites remarques lancées, les minuscules vexations qu'elle ne semblait pas pouvoir oublier, et la manière dont ils expérimentaient chacun la vulnérabilité de l'autre, les guerres intestines continues. Elle se rendait compte que telle était la vie secrète de leur union, présente depuis toujours, et n'attendant que cette période de proximité prolongée pour se révéler. Déloyauté, malveillance, susceptibilité.

Elle regarda Ethan enjamber la rambarde pour remonter. Le vent semblait sur le point de lui arracher son blouson en nylon. La mer était par endroits d'une curieuse couleur, du vert blanchâtre des pommes.

Ce n'était pas si terrible, en vérité. Trop longue réclusion. Rien de plus. Guerres intestines, mon Dieu. Cela n'avait même rien d'approchant. Toute union de quelqu'un avec quelqu'un d'autre avait une vie secrète. Doutes, suspicions mesquines. Ne sois donc pas si théâtrale, si catégorique. Cela s'arrangerait, sans problèmes, en quelques semaines. Ils étaient amis. L'impatience de les voir lui reviendrait. A part ce truc avec Jack. Cela prendrait sans doute plus longtemps.

Dans la circulation hurlante, par un été de voitures desséchées, elle regardait de l'autre côté de la Route 3 un terrain de golf miniature, et apercevait trois garçons qui gravissaient une petite butte, le club sur l'épaule. Il fut décidé que Jack partirait à la recherche d'une station-service, d'un dépanneur ou d'un téléphone, selon ce qu'il trouverait en premier. Cet arrangement ne plaisait pas à

Jack. Il aurait préféré nouer un mouchoir à une poignée de portière et attendre que quelqu'un s'arrête. Ethan et lui discutaient âprement derrière la voiture. Pammy était assise sur le pare-chocs, les yeux plissés pour se protéger des vitesses aléatoires, du chaos et du vacarme des poids lourds. Avec un soin solennel, les trois garçons mesuraient l'empan de leurs mains, la longueur de leurs clubs, visiblement influencés par ce qu'ils avaient vu à la télévision ou au country club. Ils discutaient indéfiniment, accroupis comme pour des palabres tribales. Le parcours avait des moulins, des ponts couverts, tous les plaisirs suspects de l'échelle réduite. Quelque chose dans l'heure tardive embrumée de gaz d'échappement, ou dans le défilé des véhicules eux-mêmes, un effet de distance faisait paraître l'espace plus compact, et les garçons (du point de vue de Pammy) proprement isolés de tout ce qui les environnait, le fouillis des mobile homes, des tombes et des self-services. Le crépuscule approchait, baignant le parcours de golf d'une lumière antique. Il lui semblait qu'elle aurait pu regarder indéfiniment, observer, sans être vue. L'un des joueurs se plia en deux pour récupérer sa balle, mécaniquement, levant la jambe, baissant la jambe, abstrait comme un jouet. Elle se sentait à l'aise, là, sur son pare-chocs, en dépit du bruit, du mouvement bégayant et de la laideur brute du paysage. Les voix de ses amis lui parvenaient de temps en temps, des criailleries dérisoires en comparaison du flot désolé et ininterrompu. Elle avait tout un passé de sensations heureuses dans des lieux incongrus.

9

Lyle étala diverses choses sur sa commode. Lorsque le téléphone sonna, il eut envie de ne pas répondre. Il avait déjà fixé dans son esprit un certain découpage du temps. Il y avait des limites à observer, démarquant des nuances de comportement. Un soupçon de brouillage pouvait déranger le délicat programme qu'il avait établi, une structure fermée de départ et de destination.

Permis de conduire, chèques de voyage, cartes de crédit, blocs-notes (2), clés, montre, carte routière, plan des rues, stylo-bille, portefeuille, dollars américains (4 000), dollars canadiens (75), cigarettes, allumettes, chewing-gum.

C'était Kinnear, curieusement. Privé de toute valeur autre que phonétique, J. n'en exerçait pas moins une influence régulatrice, une sorte de contrôle, fournissant des critères de technique que Lyle ne manquait jamais de relever. La communication était bonne, et il parlait d'une voix chaude et persuasive à l'intonation très caractéristique, une intonation aux innombrables petits cliquetis, comme si elle était passée par un haut-parleur stéréo, juste devant l'oreille de Lyle, raisonnable, toute proche.

— J'ai réfléchi à certains aspects de votre implication, Lyle – c'est-à-dire l'Exchange, notre amie Marina, le ou les projets qui peuvent être en cours. Il m'est apparu que vous ne pourriez peut-être pas vous en tirer aussi facilement. Permettez-moi de vous dire une chose : ne laissez pas les choses arriver à un stade où vous ne trouviez plus que le vide tout autour de vous, la chute abrupte. Si vous laissez les choses aller trop loin, cela se produira littéralement, cette histoire de succéder à George, avec les mêmes résultats navrants. Rappelez-vous, George se croyait associé à des manipulateurs d'argent, des combines bancaires illégales. Vous avez l'avantage. Vous avez aussi une porte de sortie très nette. Je n'ai pas besoin d'en dire plus. Marina est capable. Elle peut amener les choses au point où vous serez coincé de toutes parts, Lyle.

— Je n'ai jamais eu l'intention d'en arriver là.

— Vous avez vu le sous-sol. George ne l'avait pas vu. Profitez-en.

— Je savais jusqu'où.

— Ces choses-là explosent vraiment, Lyle, quand elles sont convenablement montées. Cela n'accomplit rien. Ce n'est qu'un événement médiatique de plus. Des innocents tués et mutilés. Dans quel but ? Faire connaître le mouvement, c'est tout. Toujours les médias. Ils veulent de l'attention. Eveiller l'intérêt du public. Dramatiser.

— Je n'ai jamais envisagé d'atteindre le point où je serais coincé de toutes parts.

— Le projet tout entier était, *est* stupide. Beaucoup de grand-guignol, et une organisation puérile, stupide. Imaginez, manquer à ce point de ressource et de stratégie qu'on assoit une opération majeure sur cette alliance incertaine, sur cette faible, faible relation avec quelqu'un qui travaille pour l'entité même qui est la cible, et qui a tout à perdre et rien à gagner dans toute l'affaire. S'il y avait eu le moindre moyen d'empêcher ce qui est arrivé à George, je l'aurais fait à tout prix.

— Je comprends bien.

— Nous en parlerons davantage quand vous serez ici, reprit Kinnear. Nous parlerons de La Nouvelle-Orléans. Il s'est passé des choses que vous n'imagineriez pas. J'ai travaillé à Camp Street, pendant quelque temps. Devinez qui est venu chercher de l'espace de bureaux au 544 de Camp Street. Sa période fair-play pour Cuba. Et qui fréquentait un certain bar baptisé *Habana*. Et cela devient bien plus intéressant encore. Labyrinthes, procédures clandestines. Des liens et des relations bizarres, bizarres, bizarres. Nous en parlerons.

Quand elle passa le prendre devant le vieil immeuble Fillmore East, à quinze heures, Marina lui jeta à peine un coup d'œil. Elle prit la direction de l'est sans rien dire. Ils étaient apparemment entrés dans une nouvelle phase. Lyle, en T-shirt et vieux pantalon, n'ayant que quatre ou cinq dollars sur lui et aucun papier d'identité, mais gardant tout de même sa montre au poignet, laissait pendre son bras à l'extérieur de la portière, et se sentait vaseux. Elle se rangea derrière un camion Mister Softee. Ils parcoururent plusieurs centaines de mètres et traversèrent un terrain vague, puis marchèrent encore jusqu'à la rue suivante, passant devant des flopées d'enfants et des hommes attablés sur le trottoir qui jouaient aux cartes, jusqu'à un immeuble de quatre étages. Un homme était assis sur les marches, avec un berger allemand. Le chien aboya à leur approche, et l'homme, torse nu, avec une grosseur monstrueuse à l'épaule, agrippa le collier de la bête pour laisser passer Marina et Lyle. Un autre chien, cette fois au premier étage, se mit à aboyer quand ils s'engagèrent dans l'escalier. Ta gueule. Sale con de clébard. Au troisième, Marina sortit un trousseau de clés. Ils gravirent le dernier étage.

L'appartement était très peu meublé. Lyle se campa à la fenêtre, qui donnait sur un grand arbre déployé. Quand Marina commença à parler, il se tourna vers elle en s'asseyant sur le rebord de la fenêtre. Il y avait plusieurs grands cartons par terre, remplis d'enjoliveurs et de batteries de voitures. Un mètre d'étoffe orange vif, sans doute du nylon, dépassait d'un sac à dos. Un homme sortit de la chambre et passa entre Lyle et Marina pour aller aux toilettes. Il était jeune et se déplaçait vite, en évitant délibérément de regarder Lyle au passage.

— En prison, il n'y a rien qui ne puisse conduire un être à l'autodestruction. C'est le but des prisons. Des légumes mal cuits, pas de télévision pendant vingt-quatre heures. Ce genre de choses suffit. Tout est brisé. Toute ta force et ta volonté. Il faut dépendre de l'environnement pour avoir conscience de soi. Mais l'environnement est conçu pour faire le contraire. Exactement le contraire.

(C'est vers ce moment-là que le jeune homme traversa la pièce.)

— Lyle, il faut que nous soyons honnêtes. Maintenant, même si c'est la dernière fois. Je veux que vous sachiez, pour mon frère. Il y a toujours eu un élément de folie dans sa vie. J'emploie ce mot-là plutôt qu'un terme clinique, parce que je ne veux pas être évasive. Je veux l'exprimer avec toute la force dont je puis disposer. Pour ceux qui le connaissaient, il n'y a jamais eu la moindre certitude que cela n'arriverait pas à un moment donné. Violence, rage, menaces de suicide, tentatives. Il fallait être prêt à le tuer, à l'aimer, ou à rester à l'écart. Il n'y avait rien d'autre. Rafael était prêt à mourir. C'est absolument l'essentiel en ce qui le concerne. Tout ce qui l'entourait, la vie, les gens, constituait une agression contre son moral, contre sa faiblesse. J'ai assisté à certaines scènes prémonitoires de sa mort. Pour être son camarade, ou sa sœur, il fallait être disposé à accepter les obligations que cela impliquait. Son comportement, tout ce qu'il était et faisait, c'était ton devoir de l'accepter comme ta propre vie. Et il fallait qu'il le sache. J'ai vu le sang plus d'une fois.

La chasse d'eau retentit. Puis la porte s'ouvrit, et l'homme retraversa la pièce, touchant cette fois la main de Marina au passage. Lyle évalua sa taille et son poids.

— Il est important de savoir cela au sujet de Vilar parce que, d'une certaine manière, tout ce que nous faisons ici, ou que nous allons faire, vient de lui, commence par ses projets, sa philosophie de destruction. Je n'ai parlé que d'un seul aspect. Il était également brillant. Il avait des diplômes universitaires, il pouvait discuter des idées en n'importe quelle compagnie. Et il savait fabriquer des bombes. C'était un ange, pour les bombes.

— Et vous ?

— Je suis moins intéressante, répliqua-t-elle.

— J'en doute.

— Je voulais que vous sachiez la vérité. Dans le passé, j'ai eu le tort de sanctifier mon frère. Je suis certaine qu'à la corbeille du numéro 11 à Wall Street, ce jour-là avec George, des éléments d'autodestruction sont intervenus. Quant à ce qui me concerne, il y a bien peu de choses à révéler. Je suis déterminée à utiliser cette chance que nous avons. Causer de sérieux dommages à l'Exchange, à ce lieu d'entre tous les lieux du monde, sera un moment fantastique.

— Attaquer l'idée de leur argent.

— Croyez-vous à la valeur de cela ?

— Oui, en fait. Le système. Les courants secrets. Le faire apparaître un peu moins inviolable. C'est leur plus grande force, comme vous le disiez, ou bien votre frère, et la mettre hors d'usage, fût-ce un bref instant, ce serait lancer dans l'univers toutes sortes de démons.

— Annoncer de terribles possibilités.

— Je le crois, dit-il.

Elle appela l'autre homme par son nom, Luis. Il se tenait dans l'encadrement de la porte, révélant un bracelet en cuir très élaboré à son poignet. Il avait cette même expression que Lyle avait vue sur les visages de milliers de jeunes Latinos à New York, des garçons qui traînaient à la porte des supermarchés en attendant qu'on les envoie faire des livraisons, ou qui se faufilaient dans le tremblement rythmé du métro, d'un wagon à l'autre – une énergie secrète, un second degré de connaissance richement nourrie de suspicion et donc négative, tendant à résister, et dangereuse. Elle était présente dans ses yeux, cette intelligence complexe de la vie de la rue. On apprend à tirer profit. On leur fait payer la déprime de sa vie.

— Il veut faire ça au propane.

— J'ai pris des bonbonnes, dit Luis. Elles sont toutes petites. La taille idéale pour ce que nous voulons. Je me suis renseigné, pour les poudres. Nous avons un bon mélange. Et puis on ajoute du propane dans les bonbonnes.

— Il veut un feu d'artifice.

— Quand ça saute, le feu d'artifice vient du propane. Ça fait plus de dégâts. Tout ce qu'il aura à faire, c'est de me laisser entrer et de me montrer un endroit où bien cacher le truc. C'est précis. Je fais tout pour que ce soit précis. Pas de flou artistique, mon vieux.

— Ça va être grand comment ? demanda Lyle. On ne peut pas arriver là-bas avec un grand sac.

— Eh, je te dis. La taille idéale. Exactement ce qu'il faut pour ce qu'on veut.

— Il a raison, Luis.

— On va tout faire sauter jusqu'aux boyaux. Eh, tu connais le bruit que ça fait, le feu qui jaillit de quelque chose ?

— De l'air aspiré, dit Lyle.

— Tout ce qu'il aura à faire, c'est de me faire entrer.

— Luis a des mains. Pas vrai, Luis ?

— C'est un peu différent, les bombes. Je prends mon temps.

— Vous devriez voir ce qu'il fait, Lyle. Les cartes de crédit, un maître. Mais il lui arrive d'avoir ses humeurs. Nous y travaillons.

— Je vais à la bibliothèque. Quand tu veux faire quelque chose, une fois que tu sais te servir de la bibliothèque, tout est là. Je vais à la Quarantième Rue. De la science par-dessus la casquette, ils ont. De la technologie en veux-tu en voilà.

— Luis a un parachute.

— Je me demandais.

— Où l'as-tu trouvé ? Raconte à Lyle.

— Je l'ai piqué dans le New Jersey à une brave dame qui l'avait dans sa voiture.

— Orange et bleu ciel.

— Je l'ai vu qui dépassait, là, dit Lyle.

— Il y avait une radio et une couverture avec.

— Voleur ordinaire, dit-elle.

— Encore un peu, et j'aurais eu le bloc-moteur.

— Quand des gens viennent, il raconte qu'il travaille pour le gouvernement. Ils voient le parachute, il dit CIA. Il leur dit qu'il est obligé de le garder à portée de main, c'est dans le manuel.

— CIA, mon pote.

— Le manuel a une page entière sur l'entretien du parachute.

— Je dis, eh mon pote, je peux pas aller avec toi ce soir si tu emmènes tous ces gens, parce qu'il n'y a pas de place dans la voiture pour mon parachute.

— Il doit le garder tout le temps à portée de main.

— C'est dans le manuel.

Luis enjamba la fenêtre pour escalader l'escalier de secours. Lyle se pencha à l'extérieur pour le suivre des yeux sur l'échelle en fer, jusque sur le toit. Il avait sommeil. D'ici une heure et demie, il faudrait qu'il soit chez lui pour prendre ses affaires.

— Quand agissons-nous ?

— Deux jours au plus, nous serons prêts.

— Quel âge a-t-il ?

— Trente-deux, dit-elle.

— Il paraît beaucoup plus jeune.

— Il a développé un style. Une douzaine de façons. Il est très rapide, il file. On ne sait jamais qu'il est parti jusqu'au moment où on le cherche. Il ne faut pas nécessairement croire ce qu'il dit. Il aime bien se forger un personnage au fur et à mesure. Il ne veut pas nécessairement qu'on ait confiance en lui ou qu'on le respecte. Je crois qu'il aime prendre l'air un peu niais quand il ne connaît pas quelqu'un. C'est une stratégie.

— Il parle de moi à la troisième personne.

— Sa manière.

— Même quand il me regarde en face.

— Luis a vécu la moitié de sa vie ici. Pour vous, il a l'air d'être une chose, et pour nous une autre. Votre vision de notre unité est une perception particulière. Une interprétation, en vérité. Vous voyez un certain profil sous un certain angle. Et tout est coloré par J., qui ne représentait qu'une petite fraction de routine, dans toute l'opération. Vous ne pouviez pas le savoir, bien sûr.

— Combien d'autres gens y a-t-il ?

— Vous savez ce que vous devez savoir.

— Ni plus ni moins.

— Evidemment, dit-elle.

— Bonne politique, je suppose.

— C'est visiblement la meilleure manière.

— Dois-je croire Luis, quand il raconte qu'il construit

une bombe en cherchant des renseignements à la bibliothèque ?

— Je ne pense pas que je le croirais, Lyle, non.

— Encore sa manière. Une technique.

— Luis est allé avec mon frère au Japon et au Moyen-Orient. Il a acquis un certain nombre de talents en cours de route.

— Plus un parachute.

— Le parachute, vous pouvez le croire. Je croirais au parachute.

Plusieurs minutes s'écoulèrent. L'atmosphère lourde se détendit un peu. Lyle quitta la fenêtre pour aller s'asseoir près de Marina. La tension des vérités révélées devint moins prononcée, des performances, des stratégies, des garanties. Le départ de Luis ne gâchait rien. Il allait prendre garde, lui, Lyle, de ne pas l'interroger sur la nature exacte de sa relation avec Luis. Ne savoir que ce qu'on doit savoir. Premier principe de la vie clandestine.

— Qu'advient-il de vous ?

— Je disparais, dit-il.

— Ils sauront que c'était votre invité. Que vous aviez un visiteur ce jour-là. Que vous l'avez fait entrer.

— Je suis parti.

— Bien sûr, il y aurait un autre moyen. Inutile que Luis mette les pieds à l'Exchange. C'est vous qui apportez le colis. Vous le laissez. De cette manière, on ne peut pas vous identifier avec quelqu'un d'extérieur.

— Au milieu de la nuit, ça saute.

— C'est plus propre, évidemment.

— Personne de l'extérieur.

— Pensez-y, dit-elle.

Il lui scruta le visage, instant de petites complications. Elle mesurait du regard des lignes de référence, pour tenter d'avoir une meilleure prise sur la situation. A l'engagement qu'elle sollicitait, indéfiniment, à la promesse implicite du don de soi, il sentait qu'une légère exception était faite. Tous les ordres du jour n'exigeaient pas la même adhésion rigide à des codes. Il y avait d'autres échanges possibles, des médiations plus douces.

— J. disait que George et vous…

— C'est vrai.

— Cela faisait partie de son scénario le moins convaincant. Il m'a dit que vous aviez couché avec George.

Un bref moment s'écoula. Il fut décidé qu'ils coucheraient ensemble. Cela se décida sans paroles ni émanations particulières. Juste l'impression rassérénante, diffusée dans l'air par Marina, de possibilités autres que la mort. Elle semblait en faire une condition. Sexe : son corps contre le risque. Peut-être pas vraiment une condition. Equation serait plus exact. C'était démodé, non ? Un peu naïf, même. Il ne l'avait pas lui-même vu sous ce jour (il ne savait pas vraiment comment il le voyait), mais il se satisfaisait de laisser son interprétation à elle les guider l'un vers l'autre.

La chambre était assez sombre, car elle ne recevait qu'une lumière indirecte. Nue, il la trouva d'une beauté grave. Elle lui toucha le bras, et il se souvint d'un moment, dans la voiture, où elle lui avait posé les deux mains sur le visage, tandis que des bouteilles se fracassaient dans la rue, et de l'étrangeté qu'il avait ressentie, la force angulaire de leurs différences. Ils n'avaient rien en commun, rien partagé. L'âge, l'expérience, les désirs, les rêves. Ils étaient chacun la surprise totale de l'autre, nulle part leurs histoires ne coïncidaient.

Lyle se rendit compte qu'il n'avait jusqu'alors pas compris pleinement la nature critique de son engagement, sa gravité. La réalité étrangère de Marina, les secrets qu'il ne saurait jamais, lui faisaient voir cette entreprise comme autre chose qu'une simple spéculation.

Elle avait la taille épaisse, les seins très écartés. Elle était massive d'aspect, dépourvue de lignes fluides, campée sur des jambes solides, et il émanait d'elle une force sculpturale, une beauté immobile qui donnait à Lyle le sentiment d'être étrangement inadéquat – sa minceur, la pâleur de sa peau. Ce n'était donc pas seulement la lointaine teneur de la personnalité de Marina qui amenait Lyle à la limite visible de ce qu'il avait aidé à élaborer, aux pressions et aux conséquences. Son corps s'exprimait aussi. C'était un mystère pour lui, la manière dont ces seins, la jonction de ces jambes dénudées pouvaient lui donner le sentiment d'être plus profondément impliqué dans un complot. Son corps était en quelque sorte "lourd de sens". Il avait une intensité statique, une "gravité" que Lyle ne pouvait pas interpréter. Marina nue. En regard de ce critère, tout le reste n'était que fade carénage, une succession de pages centrales de magazines, des nymphettes à la chaîne dépouillant leurs soutiens-gorge à paillettes et leurs collants léopard.

Ils étaient debout, séparés par le lit. La lumière provenant du puits d'aération, d'un éclat oblique, apporta un instant de précision au visage fort et net de Marina. Elle se rendait visiblement compte de l'intérêt contemplatif qu'elle avait éveillé en lui. Elle plaça ses mains sur ses seins, ne comprenant pas. Cela n'avait aucune importance. Son corps ne se tromperait jamais, si inexplicable qu'il fût, un corps qui assimilait son échec à le comprendre. Il la nourrissait de ses valeurs négatives. Un petit truc de l'existence.

Elle s'agenouilla au bord du lit. Il observa les divisions immobiles que ses yeux semblaient contenir, reproductions secrètes de Marina elle-même. Il essayait en vain d'imaginer ce qu'elle voyait, comme pour amener au jour une vérité essentielle sur lui-même, une vague affirmation de sa valeur, connaissance accessible aux seules femmes dont la grammaire lui échappait. Dès l'instant où elle porta les yeux sur son sexe, il sentit le début d'une érection.

Au lit, il se souvint de l'homme sur le toit. Ces choses-là sont drôles. Surpris en plein acte sexuel. Cela dénonce bien le sentiment secret qu'on peut avoir d'être impliqué dans quelque chose de comiquement honteux. Luis dans l'encadrement de la porte avec un fusil à pompe. C'est drôle. Cela montre bien l'impuissance qu'on éprouve. Il se demanda ce que signifiait "à pompe", et pourquoi il y avait pensé, et si cela avait un sens à plusieurs niveaux.

Pendant tout ce temps ils faisaient l'amour. Marina était vaste, psychologiquement, une présence complexe et apaisante. D'emblée elle s'activa, l'attirant en elle, le dénouant, véritable concentration de ressources qui allait s'approfondissant, l'agrippant par des segments, des recoins, des miettes de lui, des élans et des prises. Elle mesurait ses prédispositions. Elle se débattit même un peu, resserrant les liens de Lyle avec son propre corps. Comment c'était arrivé, il n'aurait su le dire exactement. Marina semblait le connaître. Ses yeux semblaient des instruments d'une douceur incroyablement perspicace. Imperceptiblement incité, il se sentit descendre, il se sentit occuper son propre corps. C'était tellement logique, chaque pression pelvienne, le moindre réajustement d'un millimètre de chair. Il se crispait, à l'affût des bruits, des petits cliquètements et halètements, l'entrechoquement moite de leurs torses en contact. Quand cela s'acheva, massivement, dans un grand mouvement d'accostage, un bond de force décompressante, ils chuchotèrent chacun dans l'oreille de l'autre, sans paroles, respirant des senteurs et la chaleur brute, de petites bouffées d'amour.

Lyle s'habilla rapidement en la regardant, alanguie, dans la pièce moelleuse qui s'assombrissait autour de son corps. Il y eut du bruit sur le toit, des chocs, quelqu'un sautait d'un toit plus élevé ou d'un rebord. Il lui entoura la cheville de sa main.

— Est-ce que Luis élève des pigeons là-haut, ou peut-être qu'il cache des explosifs dans une cheminée.

— Faisons un feu d'artifice, répondit-elle.

— Whoosh.

Il héla un taxi sur l'avenue C. A l'appartement, il se changea et ressortit un quart d'heure plus tard, son bagage déjà bouclé. Il était très en avance, comme prévu, et suivait à présent un projet intérieur de voyage, le dessein à l'intérieur du dessein, ce qu'il faisait tout naturellement quand il voyageait, car il croyait aux marges, aux quantités excessives. Il se rendit à l'aéroport de La Guardia, soulagé d'avoir quitté l'appartement, où il était soumis aux tentatives de communication d'autrui. Le chauffeur de taxi buvait du potage dans un gobelet en polystyrène.

Lyle paya son billet avec une carte de crédit, et regarda l'employée pianoter sur sa console électronique divers éléments d'information. Il avait envisagé de voyager sous un faux nom, et puis décidé qu'il n'y avait pas suffisamment de raisons pour cela, et qu'il préférait éviter de se ridiculiser aux yeux de quiconque *pouvait vouloir* s'intéresser à ses faits et gestes. Il enregistra son sac et partit en quête d'un endroit où prendre un verre. Le soir approchait, à présent, et de l'autre côté des pistes d'envol, les plus hautes constructions de Manhattan étaient disposées en champs de résine fossilisée, ce grain brun jaunâtre des ciels d'avant l'orage. Les immeubles étaient remarquables à cette distance, moins pour leur hardiesse, leur lumineuse aspiration, que pour les émotions ocrées qu'ils inspiraient, l'humeur ambrée, évoquant comme ils le faisaient la souffrance des ruines saisissantes. Lyle ne cessait de se tâter le corps – clés, billets, argent, et cetera.

Il trouva un bar et s'y installa. Il y faisait absurdement sombre, comme pour encourager toutes sortes d'intimités, même entre des inconnus se palpant l'un l'autre à tâtons. Les aéroports faisaient parfois cela, donnaient aux voyageurs la jouissance de ce qui restait de conforts tangibles avant leur séparation d'avec la terre. Un air de piano jaillissait d'un haut-parleur quelque part. Lyle prit un verre, puis un second, en gardant un œil sur sa montre. Cinq minutes avant l'embarquement, il entra dans une cabine téléphonique et composa le numéro que Burks lui avait donné. Il donna à l'homme qui décrocha son propre numéro de téléphone, en guise d'identification. Puis il lui communiqua l'adresse de Marina, précisant où était garée sa voiture, et donnant une description physique détaillée de Luis (Ramirez), ainsi que de l'engin explosif qu'il mettait au point. L'homme recommanda à Lyle de rester près du téléphone. Ils reprendraient contact.

Le 727 se posa sur l'aéroport de Toronto. Il déclara au douanier qu'il venait voir des amis – deux ou trois jours. Puis il loua une voiture et prit la direction du lac, avec l'intention de passer la nuit dans un motel qui s'appelait *Green Acres*. En parcourant l'une des cartes qu'il avait apportées et l'index des rues qui y était joint, il rencontra les noms de Parkside, Bayview, Rosedale, Glenbrook, Forest Hill, Mount Pleasant, Meadowbrook, Cedarcrest,

Thornwood, Oakmount, Brookside, Beechwood, Ferndale, Woodlawn, Freshmeadow, Crestwood, Pine Ridge, Willowbrook et Greenbriar.

Le matin, il repartit au sud-ouest, à une centaine de kilomètres, vers un endroit qui s'appelait Brantford. Il gara la voiture dans un parking et flâna un peu. Des magasins, un ou deux cinémas, un monument. La ville était de style pratiquement classique, si naturellement sûre de ses conventions qu'il soupçonna J. de l'avoir en partie choisie pour son effet (anti-) dramatique. Encore une de ses manœuvres douces-amères. Pour Lyle, empêtré dans une psychologie de dissimulation, les rues propres de Brantford et sa population blanche de langue anglaise avaient quelque chose d'étrange, comme un voile féerique. C'était plus familier que la rue de New York où il vivait. Il était venu jusque-là, franchissant une frontière, pour rencontrer des choses qu'il avait toujours connues, à une sorte de niveau collectif. Des thèmes communs. Des convenances ordinaires. Il pouvait apprécier la plaisanterie, même si elle se jouait plus ou moins à ses dépens, et même si ce n'était pas une plaisanterie.

Il traversa une grande place et se posta devant le grand hôtel de ville moderne. Une dizaine de minutes après l'heure fixée, il vit une silhouette à une cinquantaine de mètres, reconnut l'allure, la démarche fluide, familière, le corps lui-même, familier, avec son ensemble de lignes et de contours repérables. Plusieurs secondes s'écoulèrent cependant avant qu'il comprenne qui c'était, venant vers lui au travers d'un groupe d'enfants qui jouaient. C'était Rosemary Moore, avec sa jupe qui se balançait au vent. Bien sûr, songea-t-il. Ambiguïté, confusion, désinformation. Un processus d'apprentissage. Des techniques, des stratégies élaborées.

Il décida de lui offrir un sourire chaleureux. Lui prit la main dans la sienne. L'embrassa sur la joue. Elle repoussa une mèche qui lui balayait le front, et suggéra un endroit pour le déjeuner.

— Juste nous deux, dit-elle.

— Si ce n'est pas un problème.

— Bien sûr que non, voyons.

Ils descendirent un versant de colline jusqu'à un dépôt ferroviaire reconverti en restaurant, *Au Cheval d'Acier*. Il faisait sombre à l'intérieur. A la table voisine, quatre hommes discutaient d'un chargement de plâtre, dans la langue plate des cultures industrielles, avec une intonation terne, sans modulation, figée dans sa perspective rancie. Les serveuses arboraient la classique casquette de mécano, ainsi qu'une version raccourcie de la salopette. Rosemary finit par ôter ses lunettes de soleil, et fit signe à Lyle de se pencher vers elle, tout en guettant alentour.

— C'est bien toi, n'est-ce pas ?

— Oui, c'est moi.

— Appelle-moi Lyle. Emploie les noms.

— J'ai plaqué mon boulot.

— Tu as plaqué ton boulot.

— Il faudra que je trouve autre chose, je suppose.

— La chasse au boulot.

— Je vais voir.

— Chercher un emploi, dit-il.

— J'aimerais trouver quelque chose de plus intéressant, cette fois. Je restais sans arrêt plantée devant ce bureau.

— Reprends du service en vol.

— C'était horrible. On sert les gens. Au bout d'un moment, j'avais horreur de cela.

Cela continua pendant un verre ou deux. Il parlait et

écoutait à un niveau, et observait à un autre. La monotonie curieusement troublante de tout cela. L'alcool et les lumières tamisées. Les sons invariables de l'autre table – chargements et capacités. Les serveuses sortaient de poches d'ombres, tout en jambes et en cul. Le contexte de surface, un paysage inexplicablement familier, la salubrité d'un après-midi ensoleillé.

— J. veut savoir si tu as eu des ennuis pour l'argent.

— Non, dit-il. Mais dis-lui que j'ai été lâché, franchement. Dis-le à J.

— C'est une précaution. Il ne pouvait pas être sûr et tout.

— C'est à toi que je donne l'argent ?

— Si ce n'est pas un problème.

— Est-ce que je peux au moins l'appeler ?

— Il n'est plus à ce numéro-là. Il est à un autre numéro.

— Bois encore quelque chose, proposa-t-il.

— Je ne devrais pas.

— Mais si, prends-en encore un.

— Si tu lui dis de faire un dosage très léger.

— Tu vas rester avec J. indéfiniment, si je comprends bien.

— Je ne sais pas. J'ai encore mon appartement, pour au moins deux mois. Je retournerai peut-être chercher du boulot. Il faut que je voie.

— Est-ce que je pourrai au moins lui parler ? Il avait dit que nous parlerions.

— Il le promet.

— Il veut que je reste dans le secteur ?

— Il recommande que tu ne repartes pas tout de suite.

— Il va donc m'appeler.

— Tu es censé me donner un numéro.

— Il faudra d'abord que je trouve un motel. Que faisons-nous, tu viens avec moi ?

— D'accord, dit-elle.

— T'a-t-il dit de le faire ?

— Qu'est-ce que cela change ?

— Emploie les noms.

— Il faut que tu me donnes le numéro de téléphone.

— Il ne t'a pas dit de suggérer cela, que tu m'accompagnes dans un motel ?

— Il a dit un numéro, qu'il te donne un numéro où l'on puisse le joindre.

— Où est-il, près d'ici ?

Elle acquiesça. Ils fumèrent un moment en silence, puis commandèrent quelque chose à manger. La salle s'était déjà vidée lorsqu'ils terminèrent leur déjeuner.

— Tu es avec lui depuis longtemps, si je comprends.

— Oui, pas mal.

— Tu m'épates. Je suis épaté.

— Pourquoi ?

— Encore un verre, dit-il.

— Juste un, alors.

— Il achète une nouvelle identité, c'est bien cela ?

— Il connaît quelqu'un qui peut lui procurer ce dont il a besoin.

— Quoi d'autre ?

— Il s'exerce à avoir l'air différent.

— S'exerce comment ?

— Devant un miroir, dit-elle.

— J'adore ça.

— Il distend sa bouche. C'est arrivé au point où il le fait horriblement souvent. C'est très macabre, quand on passe devant.

— Des exercices d'assouplissement.

— Ensuite, il veut faire le menton.

Ils roulèrent une demi-heure avant de trouver un motel.

Il vérifia sur la carte routière, ne sachant pas trop où ils se trouvaient. Rosemary s'était assise sur un coin du lit, avec son sac sur les genoux. Il avait étalé la carte sur un petit bureau, le dos tourné vers elle, et il ôtait sa chemise tout en cherchant à retracer le chemin qu'ils venaient de parcourir.

— Quand faut-il que tu rentres ?

— On verra.

— Là – là où nous nous sommes retrouvés ?

— Ce sera parfait.

— Prends le numéro, pendant que nous y pensons. Je veux être sûr d'avoir de ses nouvelles. Dis à J. que j'ai été lâché. Mais pourvu qu'il m'appelle vite, d'ici un jour ou deux, ce n'est pas grave. L'argent est dans un portefeuille en cuir noir, dans ma veste. Si tu comptais les trois mille cinq cents, pendant que j'étudie la carte ? Dis à J. un jour ou deux. Deux au maximum. Parce que je ne sais pas ce qui se passe ensuite.

Il finit par se retourner vers elle, et entreprit d'ôter le reste de ses vêtements. Il se voyait de l'autre côté de la chambre, apparaissant et disparaissant à l'oblique dans le miroir de la coiffeuse. Les cheveux couleur de sable. Les espaces dans son regard. C'était un corps d'une grâce élancée, bien proportionné, sans rien de ramassé ni distendu. Agréable, la précision désinvolte de ses mouvements, jusqu'au geste de tirer sur une chaussette. Et les satisfactions de contours sobres. De la modération. D'un torse et de membres glabres. L'appareil génital bien centré. Intéressante, cette division formelle. La distance qu'il avait mise au point. Il le voyait bien, mains et posture, l'ondulation moyenne des cheveux épais, les yeux gris qui finissaient par se fixer sur eux-mêmes.

Elle alla se déshabiller dans la salle de bains.

Il aimait les motels, leur aspect détaché, l'autonomie neutre qu'ils offraient, l'exemption de quelque vague impératif, peut-être le besoin de vérifier sa propre situation.

Quand elle apparut dix minutes plus tard, Rosemary avait un phallus en plastique harnaché au corps.

10

Un chien reniflait des richesses cachées, tournant inlassablement autour du même coin d'herbe, marquant l'endroit. Les mouettes étaient saisissantes, si grosses à cette distance, quand elles atterrissaient sur les tas d'ordures en battant des ailes. Elle les regarda s'éparpiller quand une seconde voiture de police vint se ranger au bord du dépôt d'ordures. Les cercles du chien se resserrèrent, plus pressants. Il cadrait sa cible, museau baissé, un peu ivre d'anticipation. Elle s'était postée à un endroit d'où le corps de Jack était caché par le bulldozer qui nivelait habituellement les tas. Une fumée irrégulière s'élevait des zones calcinées. Cette odeur âcre, âcre. Elle s'était postée. Elle avait choisi soigneusement. Le chien s'en alla, longue bête grise, avec un épi de maïs dans la gueule.

Les mouettes étaient dans les ordures, le corps parfois étiré, et battant des ailes. Il y avait des emballages d'Ajax et de soupe Campbell. Maxwell House, Pepsi-Cola, ketchup Heinz, Budweiser. Elle détestait la démarche des mouettes. Elles étaient affreuses au sol, de si près, rengorgées et trapues. Cette odeur d'ordures brûlées. Piquante, amère, caustique.

Jack était assis en tailleur. Elle le savait d'après le premier coup d'œil conditionnel. Cette souche était Jack.

De la voiture encore, elle avait regardé une seconde fois, pendant deux bonnes secondes. Il avait la tête affaissée en avant, noire, et il était terriblement atrophié. Elle n'aurait jamais su que c'était Jack s'il n'avait pas laissé ce mot, leur révélant où il était, et leur conseillant d'être préparés. Après ce deuxième coup d'œil, elle avait pris soin de toujours maintenir un objet encombrant entre elle-même et le corps de Jack. D'abord la voiture, et maintenant le bulldozer. Il était racorni et décoloré, brûlé entièrement, jusqu'aux muscles, jusqu'aux tendons, jusqu'aux nerfs, aux vaisseaux sanguins, aux os. Il tenait ses bras devant lui, les mains croisées à peu près au même endroit que ses chevilles. Cela lui avait paru un cérémonial, le résultat d'une recherche de sa part. Elle le pensait vraiment. Elle pensait cinquante choses différentes, qui s'infiltraient les unes dans les autres, des brises illustrées. Elle se souvenait de s'être demandé s'il avait dû faire un effort de volonté pour garder le corps dans cette position pendant le temps qu'il fallait au feu pour anéantir tout semblant de choix conscient. Les mouettes battaient des ailes en poussant des cris perçants.

Elle vit Ethan se débarrasser de trois policiers, et d'un civil qui était apparemment le conducteur du bulldozer. Pammy supposait qu'il avait dû trouver le corps et appeler la police. Ethan la rejoignit. Il mâchait du chewing-gum. Il y avait en lui quelque chose d'étrangement menaçant, la nonchalance de son corps. Il semblait s'enfoncer dans le sol en marchant, rapetisser à mesure qu'il approchait, plus dangereux, comme soudain libéré de la force solidaire, du degré de concentration qui empêche les gens de craquer.

— Ouais, c'était de l'essence, dit-il. Il y en a un gros bidon retourné juste à côté de lui.

— Brûlé.

— Il s'est tué par le feu.

— Il s'en est aspergé.

— Ouais, et il a mis le feu.

Elle s'agrippa à la chemise d'Ethan, tordant l'étoffe entre ses mains. Une ambulance arriva, et les mouettes se dispersèrent à nouveau. Les yeux perdus dans les arbres, Ethan pensait à quelque chose. Pas exprès, en tout cas. Peut-être essayait-il d'évoquer le déroulement des événements dans une anecdote. Ou de se rappeler une chose qu'il était censé faire. Une course ou une petite tâche. Les hommes étaient sortis de l'ambulance. Pammy ne voulait pas penser aux mécanismes de ce qui allait se passer ensuite, ni même entendre des voix éloignées, ou des sons, quels que fussent les sons qui allaient devoir être émis. Plusieurs mouettes s'apprêtèrent à prendre leur envol, se haussant d'abord sur leurs pattes noueuses en faisant frémir leurs ailes, en battant l'air. Elle lâcha la chemise d'Ethan et se tourna vers les bois, les mains sur les oreilles.

Elle retint son souffle un moment. Pendant ce temps-là, elle pouvait entendre, ou sentir, juste sous chaque main, là où elle couvrait l'oreille, un vrombissement fixe et oppressant, une sorte d'espace océanique, cérébralement assourdi, sa propre coquille recroquevillée, son revêtement crayeux pour le monde des enfants, rien que des objets moelleux, le ronronnement indulgent des bêtes se chauffant au soleil. Quand elle relâcha sa respiration, le vrombissement était toujours là. Elle avait cru que les deux étaient liés.

Elle se concentra sur des objets. Elle avait les mains nouées sur sa nuque. Il y avait une raison à cela, mais elle ne voulait pas savoir laquelle. Elle examina les pierres moussues.

Cela venait droit sur elle. Cela s'amoncelait. Elle sentait que si elle décontractait son corps, quelque chose d'irrévocable, quelque chose d'irrévocable et fou, quelque chose d'irrévocable et totalement fou, se produirait. Rien n'avait de nom. Elle avait décidé que plus rien n'avait de nom. Tout était comprimé en un bloc. Elle combattait la tendance d'accorder des propriétés à ce bloc. Cela aurait mené à des attributions de noms.

Ethan revint au bout d'un moment. Ils se dirigèrent vers la voiture. L'ambulance et l'une des voitures de police étaient parties. Il la pria de ramener sa voiture à la maison. Il allait accompagner le policier. L'autre homme était remonté dans le bulldozer et, assis sur le siège, il fumait.

— Ils sont très gentils. Ils n'auraient pas pu être plus gentils.

— Tu seras parti combien de temps ?

— Ils me ramèneront dès que ce sera fini. A moins que tu ne veuilles pas rentrer là-bas. Tu peux venir avec nous.

— Ethan, qu'est-ce que Jack a fait ?

— Je ne sais pas.

— Mais enfin, qu'a-t-il fait ?

A la maison, elle fit le ménage. Elle rangea chaque chose à sa place. Elle voulait que tout soit comme à son arrivée. Le téléphone sonna. C'était Lyle. Elle lui raconta ce qui était arrivé à Jack, plongeant dans un long monologue parfois un peu délirant. Elle se perdit au passage dans des descriptions de rêves récents. Elle essaya de parler même pendant des bâillements qui étaient comme des attaques, une sorte de flux autonome du système nerveux. Lyle finit par la calmer. Il résuma ce qui s'était passé en quelques brèves phrases solennelles. Cela parut l'aider à se calmer, le fractionnement de l'histoire en plusieurs segments cohérents. Cela adoucit le tourment irréel, le sentiment d'aberration. Sur le moment, le fait d'entendre l'enchaînement des faits énoncé intelligiblement constitua un réconfort non négligeable. Cela lui fournissait un point distinct, un centre, où les choses pourraient probablement disparaître au bout d'un moment, le chaos et les divergences, les ennemis de Dieu.

— Ça va aller ?

— Oui.

— Ethan va bientôt revenir ?

— Je crois.

— Ce ne sera pas aussi dur quand tu ne seras plus seule. Il sera là d'ici peu. Et je vais bientôt te retrouver. Ce sera un peu plus facile quand tu seras revenue à New York. Il y aura des gens.

— Je sais.

— Dis à Ethan que nous déjeunerons ensemble à son retour. Qu'il m'appelle, dis-le-lui. Nous fixerons une date.

— D'accord.

— En fait, je ne suis pas à New York en ce moment. Je suis dans un motel en terre étrangère, figure-toi. Au Canada. Juste un truc d'affaires. Rien de spécial. Mais je repars dès que j'aurai raccroché. Je serai à la maison d'ici quelques heures.

— Je pense que je rentrerai demain, cela dépend.

— N'appelle pas à l'appartement, dit-il. Je ne réponds pas au téléphone pendant quelque temps.

Elle avait du thé tout prêt quand Ethan rentra. Ils s'installèrent dehors. Il ne portait rien par-dessus sa chemise à manches courtes, en dépit de la fraîcheur. Pammy se demandait si elle pouvait aller lui chercher un chandail. Elle décida finalement qu'il risquait d'y voir une intrusion, une subtile dépréciation de sa détresse. Quel réconfort, en vérité, pourrait lui fournir un vêtement chaud en ce moment ? Elle se rendait compte que les gens honoraient inconsciemment les processus du monde physique, qu'ils dansaient un pas fataliste avec la nature chaque fois que la mort enlevait quelqu'un parmi leurs proches. Elle pensait qu'Ethan voulait *sentir* ce qui était là. S'il pleuvait, il ne bougerait pas. Si elle lui drapait un chandail sur les épaules, il allait tout aussi bien s'en débarrasser d'une secousse. Nous sommes réduits à manger et dormir, et encore. Rudiments, songeait-elle. Le minimum. Voilà où nous en sommes réduits. Elle regarda la couleur se répandre à travers le ciel, au-delà des Camden Hills. Un coucher de soleil est toute l'histoire d'une journée du monde. Ils s'en détournèrent vivement, basculés comme des astronautes, mais blottis dans leurs fauteuils pour franchir la nuit, lorsque les premières étoiles parurent.

— Ici, ils n'ont pas de bon centre anti-brûlures, dit-il. Si Jack avait survécu, il aurait fallu l'emmener à Baltimore, ce qui est ridicule, quand on voit à quelle distance nous nous trouvons.

— Tu ne veux pas plutôt dire Boston ?

— A Boston, ils n'ont rien de comparable à ce qui existe à Baltimore. Il aurait fallu l'emmener d'abord à Bangor, Bangor ou Bar Harbor. Et puis en avion jusqu'à Boston ou à New York. Alors même s'il avait survécu.

— Ethan, la seule chose, c'est le temps. C'est la seule chose qui puisse adoucir la douleur. Le temps change les choses. Après un certain temps, ce ne sera plus aussi terrible. C'est la seule chose à laquelle tu puisses te raccrocher pour l'instant. C'est là-dessus qu'il faut te concentrer. Le temps allégera la souffrance.

— Les consolations du temps.

— C'est cela. Voilà. La seule chose.

— Le baume du temps.

— Est-ce que tu te moques ?

— A toi de voir.

— Parce que je ne trouve pas cela drôle.

— Je me vois en vieillard, dit-il. Je boitille jusqu'à l'épicerie pour acheter du fromage blanc et une pêche. Je n'achète que des choses à la pièce. Un petit pain viennois, une pêche, une bouteille de tonic au céleri. "Combien coûte ce concombre, mon garçon ? Non, l'autre." Je me tiens dans un coin du magasin et je sors mon petit porte-monnaie, pour voir si j'ai assez.

— Arrête, vraiment.

— Je suis tout seul. Je n'ai personne pour m'aider à faire mes courses. J'achète du pain rassis pour économiser de l'argent. Des gosses courent entre les caddies, et me font perdre l'équilibre. Ils s'en aperçoivent à peine. Leurs mères ne disent rien. Je suis pratiquement invisible. Je vais dans un coin du magasin et je compte ma monnaie, mes quelques billets pliés et repliés, repliés et pliés. J'achète un oignon, un demi-paquet de margarine.

— Ce pourrait être mon père, dit-elle, ce qui ne m'amuse pas du tout.

— Six œufs minimum.

— Les gens vivent ainsi.

— Je boitille le long des allées. Mon corps est trop vieux pour être agressif. Toutes les odeurs ont fané sur moi. Je n'ai même pas le plaisir de me renifler au lit. Ils me disent six œufs minimum. Je dis que je suis trop faible pour ouvrir la boîte. Tout ce que je peux faire c'est en sortir un. Six au minimum. C'est la règle. Je vis seul. Tous mes amis sont morts, Jack en particulier, adorable et inutile Jack. Je me mets dans un coin du magasin et je me racle la gorge. Je suis très discret et très calé sur ce point. J'expectore sans me faire remarquer. J'ai appris à le faire sans bruit. Je sens les mucosités rouler au fond de ma bouche. J'expectore encore. Un vieux graillonneur. Ce n'est pas drôle, conclut-il. Je ne rirais pas si j'étais toi.

Elle décida de ne pas rentrer en avion. Il y avait onze

heures d'autocar. En regardant un petit garçon remonter toute l'allée centrale pour aller aux toilettes, Pammy sourit, les larmes aux yeux, le visage ridé autour des yeux et un peu brillant, révélant des regrets complexes. Les ormes morts au bord de la route apportaient une réponse plus grave. Elle ne les avait jamais vus en tel nombre, rendus muets par des flétrissures, sombres et dépouillés, les branches tordues. C'était saisissant, tout ce dénuement, et les maisons blanches en bois, parfois coiffées d'un belvédère, les "promenades de veuves", et les gens qui vivaient là, comme les ormes morts les faisaient paraître différents, plus vibrants, rendus plus profonds par l'expérience, donnant le sentiment d'avoir survécu à quelque chose, même si elle savait qu'elle inventait tout cela, ne faisant que les apercevoir, des professeurs de piano (une pancarte à la fenêtre), des marchands d'étain et d'antiquités maritimes. Elle avait hâte de retrouver l'appartement, de se renfermer à nouveau, protégée du besoin de réagir tendrement aux choses. C'étaient là des moments ordinaires, rien de plus, suffisamment simples pour passer inaperçus en d'autres circonstances. Des pelouses en pente. Une fougère somnolente à une fenêtre. Elle avait envie de se voir épargner ces fragments de vie côtière à midi, ces aperçus tronqués, si périssables et troublants. Et l'étrange récit d'Ethan la veille au soir, son petit roman pince-sans-rire. Y échapper aussi.

Elle ne fut donc pas malheureuse de débarquer sur la Huitième Avenue vers dix heures du soir, dans le bazar morbide qui surgit à la sortie de la gare routière tous les soirs d'été, répandu dans la puanteur moite. Des hommes agités triaient le fouillis. Pigments, styles, dialectes, confessions. Des paires d'yeux la suivirent jusqu'au coin de la rue. Aussitôt commençaient à l'est, à l'ouest et au sud, des rues commerciales désertes et plongées dans la nuit, un faisceau de désolation, une nécropole peut-être plus vraie, la zone isolée à laquelle aspire tout le morne néon.

Dans le taxi qui la brinquebala vers l'est, l'arrière semblait sur le point de se décrocher. L'appartement était serein. Les objets reposaient dans une lumière pâle, comme renouvelés. Un panier d'osier dont elle avait oublié l'existence. Une chaise en jonc qu'ils avaient achetée juste avant son départ. Sa mémoire des choses.

Elle n'arrivait pas à s'endormir. Le long voyage se poursuivait dans son corps, avec ses vibrations et ses stries de lumière. Elle alluma le téléviseur noir et blanc, celui de la chambre. Elle tomba au milieu d'un vieux film inepte et barbant, datant des années cinquante. On y voyait un homme, le héros, dont la vie bourgeoise se détruisait sans tapage. D'abord il y avait son frère, la brebis galeuse, gravement endetté et traqué par une organisation de racket de série B. Appels téléphoniques, rencontres, dialogue tendu. Et puis il y avait sa femme, hospitalisée et apparemment mourante, atteinte d'une maladie dont nul ne voulait parler. Au fil d'une succession de scènes minutieusement détaillées, elle se montrait à tour de rôle courageuse, furieuse, réfléchie et hystérique. Pammy ne pouvait pas s'arrêter de regarder. Le mélodrame était magnétique. Elle éprouvait une quasi-oblitération de sa conscience. Pendant toutes les publicités tonitruantes pour des fabricants de piscines et des instituts de formation informatique, elle resta dans le fauteuil qui se trouvait à côté du lit. A mesure que le film devenait plus larmoyant, elle se sentait plus bouleversée. La fenêtre de l'autocar s'était muée en écran de télévision bourré de douleur en feuilleton. Le fils aîné du héros commença à franchir des stades de ce que le médecin qualifiait de sensibilité réduite. Il s'asseyait par terre dans un état de stupeur, incapable de parler ou bien s'y refusant, les membres immobiles. Les appels téléphoniques du frère du héros se multipliaient. Il avait besoin d'argent très vite, ou sinon. Nouvelle scène d'hôpital. L'épouse récitait une lettre d'amour que le héros lui avait écrite lorsqu'ils étaient jeunes.

Pammy était éperdue d'émotion. Elle essayait de lutter, sachant que c'était faussé par le caractère artificiel et tout bêtement odieux du film. Elle sentait monter en elle cette douleur bouillonnante. Son visage commençait à briller. Elle passa ses doigts écartés sur ses joues. Et puis le débordement se fit, le soulagement des sanglots hoquetés. Elle resta là un quart d'heure, les mains repliées sur les tempes, à pleurer tandis que l'épouse mourait, que le fils guérissait, que le frère jurait de retrouver son honneur, et que le héros en pantalon à pinces regardait son plus jeune enfant monter un poney.

Les films faisaient cet effet-là aux gens, mauvais ou non. Elle finit par se lever et aller dans la cuisine. On aurait dit que son visage venait d'être terminé, une surface extérieure de chair vive. Elle supposa que c'était l'aboutissement de tout un processus. Il y avait des plaisirs confus partout, des topographies entières réorganisées pour que les gens réagissent à un stimulus de masse. Rien de mal à succomber à quelques sentiments feints. Elle mourait d'envie d'un sandwich au roast-beef et d'une bière bien fraîche. Il n'y avait que des sachets de soupe.

Il était minuit passé, mais la charcuterie du coin de la rue restait ouverte toute la nuit. Elle s'habilla et descendit, surprise de découvrir que les rues n'avaient rien de désert. Le kiosque à journaux avait encore des clients, et la charcuterie aussi, l'étal de *bagels*, la gargote de pizza-*souvlaki*, les bars, la boutique de glaces, le bistrot à hamburgers. Il faisait encore tiède et les gens étaient en manches de chemise, en jeans, en maillots de débardeur, en sandales, en pantoufles. Des gens âgés s'étaient installés dans des fauteuils devant chez eux, et gesticulaient en mâchonnant des olives et des cacahuètes. Tout le monde mangeait. Elle ne voyait partout que des bouches en mouvement, des gens avec de la nourriture plein les mains, qu'ils faisaient circuler, des portions de frites, des cornets à plusieurs boules, et ils parlaient, ils braillaient, dans un véritable ballet aérien de serviettes en papier qui voletaient dans l'air léger. Une rue moyenne. Rien de spécial. Pas de théâtre en vue pour expliquer la présence de tous ces gens. Qui mangeaient tous. La vie orale de New York. Déclamant dans le fatras des bouchées. Lapant et mastiquant. Eternelle déclamation. Le babillage roi des villes. Pammy dut faire la queue. L'employé du comptoir se lécha la moustache et roula les yeux.

Elle ressortit avec un petit sac de provisions. Partout ronronnaient des moteurs fantômes – dans les égouts, sous les escaliers en sous-sol, dans les climatiseurs et les fissures du macadam. Toutes ces textures compliquées. Les taxis clownesques qui fonçaient. Des lampes à la vapeur de sodium. La ville insistait déraisonnablement sur sa propre beauté filandreuse, le tissage de délabrement et de génie qui élevait à la sensibilité de chacun le défi de se surpasser. Des silhouettes d'arbres sur les toits. Les éboueurs à minuit qui raclaient les poubelles métalliques sur la chaussée. Et toujours cette exigence bruyante, une âme qui impose et surcharge et fraude, à moitié folle, mais libre de sa luxuriance tribale, assortie à un immense dessein.

Elle passa sous la marquise d'un asile de nuit. On y lisait : PASSAGE. Quelque chose dans ce mot la troublait. Il prenait une intonation abstraite, comme les mots l'avaient déjà fait dans son expérience (bien que rarement), ne subsistant que comme unités de langage mystérieusement dépouillées des responsabilités de leur contenu. Pas-sages. Ce qu'il exprimait ne pouvait pas être mis en mots. La valeur fonctionnelle s'était esquivée de son écorce et avait disparu. Pammy s'arrêta, se retourna complètement, et regarda encore le panneau. Plusieurs secondes s'écoulèrent avant qu'elle en comprenne le sens.

LE MOTEL

Cela ne s'arrête jamais vraiment, n'est-ce pas ? L'électricité statistique d'une pièce. La nuance et l'infime bourdonnement inhérents. Et la femme dans le lit. Sa respiration régulière. Il n'est pas tout à fait sûr qu'elle dorme. Il ne l'a jamais vue dormir vraiment. Il la soupçonne de dormir irrégulièrement. Quelque chose en elle, un aspect de sa détermination à accomplir des desseins, à être utilisée, suggère une résistance aux richesses compromettantes du sommeil profond. Il l'imagine mal atteignant une profondeur définitive, cette culmination de l'engourdissement au sang chaud, le point où le sommeil devient la marée vivante de l'inconscient, un état au-delà du rêve. Contempler une femme à ce stade du sommeil, palpitante, visiblement en contact avec des mystères, ne manque jamais de l'inquiéter un peu. Elles semblent dans ces moments-là incarner un type d'intégralité, une immanence, une vérité d'unité, que ses sentiments ne peuvent égaler.

Il est nu-pieds et torse nu, affalé dans un fauteuil. Il a défait la ceinture de son pantalon. La chambre est plongée dans l'obscurité. Il s'interroge sur la tendance des motels à tourner les choses vers l'intérieur. C'est une invention singulière, puissamment abstraite. On dirait *l'idée* de quelque chose, attendant d'être pleinement exprimée sous une forme concrète. N'y a-t-il pas autre chose, voudrait-il demander. Qu'y a-t-il derrière tout cela ? Ce doit être le voyageur, l'automobiliste, le client de passage lui-même, qui fournit la chair comestible de ce concept. Une intériorité en spirale toujours plus marquée. Rationalité, analyse, auto-réalisation. Il passe un moment à imaginer que ce vaste système de chambres pratiquement identiques, dans le monde entier, a été conçu pour que les gens aient un endroit où avoir *peur* de manière régulière. Les rognures de nos diverses recherches. Un endroit où emmener notre peur. Il rit brièvement, d'un éclat nasal.

Le téléphone sonnera, et on lui dira d'aller quelque part. Il recevra des instructions détaillées. Le numéro est connu. Il a été communiqué. Certaines assurances ont été données. Ce n'est qu'une question de temps. Il redeviendra impatient, cela ne fait aucun doute. Il décidera de partir. Mais cette fois le téléphone sonnera et la voix donnera des instructions d'une nature détaillée.

Il prononce le son *m*, le prolonge, lui ajoute un soupçon de vibrato au bout d'un moment. Puis il se remet à rire. Une première lueur apparaît, une impression de lueur, peut-être purement mentale. Il ne souhaite pas voir pointer le jour, pas particulièrement. Il émet le son, sans remuer les lèvres, le visage dénué d'expression.

Nous le regardons se poster près du lit. La femme est venue trois fois, depuis deux jours qu'il a la chambre. Elle est sur le ventre, maintenant, avec un bras relevé sur l'oreiller, l'autre le long du corps. Bien qu'il ait toujours connu ses limites, les sables immuables de son être, il se demande si sa propre existence est tellement plus entière. Peut-être cela correspond-il à une sorte d'appréciation. Que l'étreinte des corps puisse produire une mesure d'estime, voilà une notion qui le frappe par son incongruité, dans ce cas particulier. Il note sa pâleur. Un éclat duveteux au bas de sa colonne vertébrale. Elle sait des choses. Elle n'est pas émoussée jusqu'à la moelle. Elle connaît son âme à lui, par exemple.

(A ce moment-là, affublée de son jouet en plastique blanc, à ce moment sardonique si étroitement proche de la cruauté, saynète de révélation brute, elle lui a fait comprendre qu'elle n'apparaissait elle-même qu'au titre d'instrument, de jouet. Godemiché. Dil-do. Un murmure ensommeillé d'enfant. C'était en tant que collaborateurs qu'ils se touchaient, en tant que rêveurs dans un océan de pâle satisfaction.)

Cette complicité lui permet de rester. Il fixe les creux de ses fesses. Sombre raie de partage. L'anneau de chair qui est enfoui là. Nous le voyons s'approcher du bureau, où il prend la carte complétée de l'index des rues. Il l'emporte jusqu'au fauteuil, l'étale.

L'idée est d'organiser ce vide. Dans l'index, il trouve Briarfield, Hillsview, Woodhaven, Old Mill, Riverhead, Manor Road, Shady Oaks, Lakeside, Highbrook, Sunnydale, Grove Park, Knollwood, Glencrest, Seacliff et Greenvale. Il trouve ces noms merveilleusement sereins. Ils constituent une prière liturgique, un ensemble de consolations morales. Un univers structuré sur de telles coordonnées aurait les mérites de la substance et de la familiarité. Il devient un peu étourdi, cille rapidement, et laisse glisser la carte par terre.

Au bout d'un moment, il ôte son pantalon. En prenant garde à ne pas réveiller la femme, avec qui il n'est pas prêt à échanger des paroles ou des regards, il se couche sur le lit. Le haut du corps soulevé sur un coude, il s'étend sur le côté, face au téléphone. L'instinct lui dit que la sonnerie va bientôt retentir. Il décide d'organiser son attente. Cela l'aidera à classer les choses suivant un schéma systématique, ou l'illusion d'un schéma systématique. Le mieux, pour cela, ce sont les chiffres. Il décide de compter jusqu'à cent. Si le téléphone ne sonne pas à cent, son instinct l'a trompé, le schéma a craqué, son attente s'est ouverte sur des magnitudes d'espace gris. Il fera son sac et s'en ira. Cent, voilà la marge extérieure de son assentiment passif.

Comme rien ne se produit, il baisse le chiffre à cinquante. A cinquante il se lèvera, s'habillera, rassemblera ses affaires et s'en ira. Il compte jusqu'à cinquante. Comme rien ne se produit, il descend à vingt-cinq.

Une tache de lumière éclaire un bord de la fenêtre. Quelques minutes et quelques centimètres plus tard, le soleil inonde la pièce. L'air est envahi de particules très denses. D'infimes grains de poussière tourbillonnent, une série de tempêtes énergétiques. L'angle de la lumière est direct et sévère, nous donnant l'impression que les gens sur le lit sont dans un cadre particulier, leur forme intrinsèque étant perceptible en dehors de tout le collage animal de propriétés et de fonctions physiques. Cela nous absout heureusement de nos connaissances secrètes. La pièce entière, le motel, est offert à ce moment de purification lumineuse. Les espaces et ce qu'ils contiennent n'expliquent plus, ni ne signifient, ni ne représentent, ni ne servent d'exemple.

La figure accoudée, par exemple, se reconnaît à peine pour celle d'un mâle. Se dépouillant de ses compétences et ses traits caractéristiques en quelques secondes, il peut encore être décrit (mais vite) comme bien formé, doté de plusieurs sens, clair de poil et de peau. Nous ne savons rien d'autre sur lui.

Table

Du même auteur :

Bruit de fond, Stock, 1986 ; Babel n° 371.
Les Noms, Actes Sud, 1990.
Chien galeux, Actes Sud, 1991.
Americana, Actes Sud, 1992 ; Babel n° 420.
Mao II, Actes Sud, 1992 ; Babel n° 512.
Joueurs, Actes Sud, 1993 ; Babel n° 563.
L'Etoile de Ratner, Actes Sud, 1996.
Libra, Stock, 1989 ; Babel n° 461.
Valparaiso, Actes Sud-Papiers, 2001.
Body Art, Actes Sud, 2001.

Composition réalisée par Chesteroc Ltd

IMPRIMÉ EN ESPAGNE PAR LIBERDUPLEX
Barcelone
dépôt légal éditeur : 39019-11/2003
Édition 01
LIBRAIRIE GÉNÉRALE FRANÇAISE – 43, quai de Grenelle – 75015 Paris
ISBN : 2-253-15579-9 31/5579/3